D1574457

Peter Hänni
Belchentunnel

Peter Hänni

Belchentunnel

Kriminalroman

Cosmos Verlag

© 2021 by Cosmos Verlag AG, Muri bei Bern
Lektorat: Roland Schärer
Umschlag: Stephan Bundi, Boll
Satz und Druck: Merkur Druck AG, Langenthal
Einband: Schumacher AG, Schmitten
ISBN 978-3-305-00433-1

Das Bundesamt für Kultur unterstützt
den Cosmos Verlag mit einem Förderbeitrag
für die Jahre 2021–2024

www.cosmosverlag.ch

Mittwoch, 11. September 2019

1

Regen! Wie Trommelfeuer prasselten die Tropfen auf das Blechdach nieder und entfachten ein Stakkato, das akustisch mit der fetzigen Countrymusik aus dem antiquierten Radio verschmolz. Und während heftige Windböen den Oldtimer immer wieder durchrüttelten, gaben die Scheibenwischer alles, leisteten tapfer ihre Sisyphusarbeit, ohne dass es viel nützte. Die Sicht blieb miserabel, obschon Tom nur sehr langsam fuhr. Im Schritttempo höchstens. Nicht nur wegen der schlechten Sicht oder weil er wegen der Wassermassen nicht schneller gekonnt hätte. Aber er stand im Stau. In der letzten halben Stunde war er vielleicht fünfhundert Meter vorangekommen. Mehr bestimmt nicht.

Links oben, an der Dichtung der Windschutzscheibe, bildete sich zögerlich ein erster Wassertropfen. Sekunden später löste er sich von der Dichtung, lief abwärts – unbehelligt vom Scheibenwischer auf der anderen Seite des Glases – und zeichnete dabei eine Spur auf die mit Feuchtigkeit beschlagene Scheibe. Tom kannte das Leck. Es störte ihn nicht. Das Wasser kam immer an derselben Stelle. Und nur bei starkem Regen. Eine Kleinigkeit. Sonst war er dicht, der 40-jährige VW-Bus, den er wegen seiner gelb-weissen Farbe – unten gelb, oben weiss – *Calanda* getauft hatte. *Calanda*, nach seinem Lieblingsbier. Im Winter würde er die Dichtung wechseln. Mit dem Daumen streifte er den Wassertropfen sanft von der Scheibe ab, als würde er einem Kind eine Träne von der Wange wischen. Dann schaltete er die Heizung ein. «Bloss kein Hagel!», dachte er und sah besorgt zum Himmel hoch, obschon es dort ausser finsterer Nacht nichts zu sehen gab.

Eigentlich liebte er dieses Wetter, wenn er im Bus war. Nicht zum Fahren, natürlich! Aber zum Schlafen, irgendwo auf einem schönen Stellplatz! Das Prasseln des Regens, die Geräusche des Windes, das Rütteln am Bus ... es wirkte beruhigend auf ihn, verschaffte ihm tiefstes Wohlbehagen. Und er mochte diesen charakteristischen Geruch, den Nässe und Wind mit sich brachten, wenn sie sich am Bus zu schaffen machten.

Er gähnte geräuschvoll, rieb sich die Augen und streckte die Arme. Dann sah er auf die Uhr und tastete nach dem Walkie-Talkie, das neben ihm auf dem Beifahrersitz lag. Er drückte die Sprechtaste.

«Carlo?» Keine Antwort. «Haaallooo, Carlo, hörst du mich?»

«Am Apparat. Was kann ich für Sie tun, mein Herr?» Carlos tiefe Bierstimme klang gut gelaunt.

Tom verdrehte die Augen. «Wo bist du?»

«Etwa zweihundert Meter vor dem Rastplatz Eggberg. Und du?»

Tom sah sich kurz um. «Dreihundert Meter hinter dir. Machen wir eine Pause? Bin müde, habe Hunger, muss schiffen, will rauchen ...»

«Okay, okay ... hab's begriffen.» Carlo lachte. «Ich fahre raus ... bis nachher.»

2

Der Rastplatz Eggberg war ziemlich vollgestellt, andere hatten offenbar die gleiche Idee gehabt. Tom und Carlo belegten mit ihren Bussen hintereinander einen Standplatz, der eigentlich für Lastwagen reserviert war. Sie stiegen gleichzeitig aus und liefen in strömendem Regen zum Toilettenhaus, welches Carlo als Erster und deshalb etwas weniger nass erreichte.

Die rechte Hüfte machte Tom wieder mal zu schaffen, wie oft bei diesem Wetter. Die Hüfte und die 110 Kilo, die er mit seinen 185 Zentimetern herumzuschleppen hatte. Irgendwann würde er wahrscheinlich halt doch unters Messer müssen. Wohl oder übel. Und endlich runter mit seinem Gewicht!

Nachdem sie ihr Geschäft in der hygienetechnisch desolaten Anlage erledigt hatten, rauchten sie unter dem Schutz des Vordaches, wo sich schon zahlreiche Menschen drängten, wortlos zwei Zigaretten. Danach eilten sie zurück zu den Fahrzeugen. Beide stiegen durch die Schiebetür hinten in Toms Bus ein.

«Ist das ein Scheisswetter», fluchte Carlo, während er die Schiebetür schloss. Tom schwappte eine Wolke von Carlos preiswertem Aftershave entgegen. *Aqua Velva, Ice Blue.* Carlo öffnete den Reissverschluss seiner pitschnassen Regenjacke und schob die Kapuze nach hinten.

«Zieh das Ding aus und leg es dort auf den Boden», forderte Tom ihn auf und entledigte sich ebenfalls seiner Jacke. Dann rieb und behauchte er sich die klammen Hände. «Hunger?»

«Was steht auf der Speisekarte?»

Tom öffnete den kleinen Kühlschrank, den er unter dem Gasherd eingebaut hatte. «Sandwiches … Schinken … Schinken … oder … Schinken.»

«Dann nehm ich Käse.»

Tom reichte ihm wortlos ein in Cellophan verpacktes Schinkensandwich und nahm für sich auch eines heraus.

«Unglaublich, dieser Stau», grummelte Carlo und verlor dabei einige Krümel aus seinem vollen Mund. «Und das an einem hundsgewöhnlichen Mittwochabend.» Noch ein paar Krümel. Unter Toms strafendem Blick beugte er sich vor und klaubte das Gröbste vom Boden.

«Die Baustelle, oben vor dem Belchentunnel», konstatierte Tom mit einem Schulterzucken. «Ich schlage vor, wir warten hier noch einen Moment, vielleicht wird es bald besser.»

Carlo nickte. «Hast du ein Bier?»

Tom öffnete erneut den Kühlschrank und nahm zwei Dosen heraus. Die eine reichte er Carlo. «Pass auf beim Öffnen, dass du nicht alles vollspritzt.»

Dann assen sie schweigend weiter. Tom hatte den Radio abgestellt, man hörte nur das Prasseln des Regens. Und ab und zu das Vorbeifahren eines Fahrzeuges.

«Apropos Belchentunnel», sagte Carlo, als er fertig war mit Essen, und nahm einen Schluck aus der Dose. «Hast du schon mal von der Weissen Frau gehört?»

«Weisse Frau?» Tom schüttelte den Kopf. «Sagt mir nichts.»

«Doch, doch. Die soll da oben rumgeistern.» Carlo nickte Richtung Tunnel.

«Quatsch! Ich glaube nicht an Geister.»

«Jaaa … Ich eigentlich auch nicht … aber was man sich von da oben so erzählt … ich weiss nicht …»

Tom stellte seine Rückenlehne ein Stück nach hinten, legte den Kopf zurück, schloss die Augen und verschränkte die Arme vor der Brust. «Was?», fragte er unwirsch. «Was erzählt man sich von da oben?»

Carlo sah ihn von der Seite an. «Willst du das wirklich wissen? Hier und jetzt?» Er zögerte. «Ich kann dir auch nachher davon erzählen. Nachdem wir durch den Tunnel gefahren sind.»

«Mach nicht so ein Theater! Red schon! Aber Kurzfassung, wenn ich bitten darf!»

«Wie du willst! Also … vor ein paar Jahren – es war Herbst, wie jetzt – waren zwei junge Frauen zusammen in einem PW auf dieser Autobahn unterwegs.» Carlo deutete mit dem Zeigefinger auf die Fahrzeugkolonne, die sich langsam am Rastplatz vorbeischob. «Studentinnen. Gescheite und bodenständige Mädels, wohlgemerkt! Keine Junkies oder überdrehte Tussis. Die Frauen fuhren also Richtung

Belchentunnel. Kurz vor dem Loch sahen sie, dass jemand am Rand der Autobahn auf dem Pannenstreifen stand. Als sie näher kamen, erkannten sie, dass es eine Frau war. Weiss gekleidet und mit weissen Haaren. Sie schien irgendwie verwirrt und hilflos, so dass sich die Studentinnen veranlasst sahen anzuhalten.» Carlo nahm einen geräuschvollen Schluck aus der Dose, strich sich über den angegrauten Kinnbart und räusperte sich. «Ob man ihr helfen könne, fragten sie. Sie vielleicht mitnehmen. Die Frau stieg wortlos hinten in den Wagen.»

«Kannst du ein bisschen lauter sprechen? Ich verstehe dich kaum bei dem Lärm.»

«Eben …», wiederholte Carlo eine Spur lauter. «… die Frau stieg wortlos hinten ein. Dann fuhren sie los. Die beiden Studentinnen machten sich Sorgen. Wie es ihr gehe, fragten sie, als sie im Tunnel drin waren. Leider gar nicht gut, habe sie geklagt.» Carlo beugte sich leicht vor und rückte näher an Tom heran. «Und dann», fuhr er leise fort, «habe sie eine Prophezeiung ausgesprochen. Sie sagte: Etwas Schreckliches wird passieren! Etwas ganz Furchtbares!»

Tom starrte Carlo einen Moment lang ungläubig an. «So ein Quatsch», grummelte er schliesslich und machte ein verächtliches Gesicht.

«Und als die Studentinnen sich zu ihr umdrehten», fuhr Carlo mit gedehnten Worten fort, «war die Alte weg!»

«Wie … weg?»

«Weg! Verschwunden! In Luft aufgelöst. Ohne dass sie angehalten hätten! Ohne dass sie bemerkt hätten, dass eine Tür oder ein Fenster aufgegangen wäre.» Carlo wendete den Blick von Tom ab und sah nachdenklich in die Nacht hinaus. «Puff!» Er machte eine Geste, als wäre er ein Magier. «Einfach weg!»

Toms Blick blieb an Carlo hängen. «Bullshit!», raunzte er – und schluckte leer.

«Wenn du meinst ... Auf jeden Fall sind die Studentinnen noch ein-, zweimal durch den Tunnel gefahren, aber sie haben die Frau nicht mehr gefunden. Sie sind dann ganz verstört zum nächsten Restaurant gefahren und haben die Polizei alarmiert. Man hat sie auch später nie gefunden – aber auch keine Erklärung für das Ereignis. Ja ... und seither geistert die Alte da oben rum.» Er setzte die Bierdose an und leerte sie in einem Zug.

3

Weit war es nicht mehr bis zum Tunnel, vielleicht noch drei- oder vierhundert Meter. Aber noch immer ging es nur sehr schleppend voran. Carlo fuhr weiter vorne. Wo genau, konnte Tom nicht ausmachen, einige Lieferwagen hatten sich zwischen sie gedrängt und nahmen ihm die Sicht. Es regnete weiterhin sintflutartig und noch immer rüttelten Windböen wütend am Bus. Wegen der beschlagenen Windschutzscheibe lief die Heizung auf Hochtouren, aber sie produzierte mehr Lärm als Wärme. Und Tom wischte zum gefühlt hundertsten Mal das Rinnsal innen an der Scheibe weg.

Ohne dass er es wollte, kreisten seine Gedanken seit der Wegfahrt vom Rastplatz um die Geschichte, die Carlo erzählt hatte. Und er ertappte sich dabei, dass er durch die Dunkelheit und den Regen hindurch den Pannenstreifen absuchte. Niemand zu sehen ... natürlich nicht. Er schüttelte den Kopf über sich selbst.

Vor ihm gab es wieder ein paar Meter Platz. Mit schleifender Kupplung schloss er langsam auf. Immerhin, das «Loch» rückte näher – bald würde er von ihm verschluckt werden. Leichte Kopfschmerzen machten sich bemerkbar.

War das ein Geräusch aus dem Walkie-Talkie? Er nahm das Gerät vom Beifahrersitz, stellte die maximale Lautstärke ein und hielt es sich dicht ans Ohr … Nichts zu hören. Er legte das Gerät wieder zurück. Dann, jetzt ohne Zweifel, ein kurzes Knacken vom Beifahrersitz.

«Toooom!» Es klang irgendwie verzerrt. Weinerlich. Eine hohe Stimme.

Er griff erneut nach dem Walkie-Talkie, betrachtete es mit irritiertem Blick und wollte gerade die Sprechtaste drücken, als er es wieder hörte:

«Tooooooom! … Ich bin's … Die Weisse Fraaaauuu … Hilf mir!»

Er liess das Ding fallen, als wäre es glühend heiss.

«Ich warte am Tunneleingang auf dich. Schreeeecklliches wird passieren.»

«Heilanddonner!» Noch während er den Fluch ausstiess, suchten seine Augen wieder den Pannenstreifen ab. Wütend über seine Reaktion, schlug er aufs Steuer. Dann bückte er sich ächzend und tastete den Boden nach dem Walkie-Talkie ab. Gerade als er es zu fassen kriegte, ertönte hinter ihm genervtes Hupen. Er schrak auf und schlug mit dem Hinterkopf ans Steuer.

«Himmelarsch! Was soll der Scheiss!», schrie er ins Walkie-Talkie, während er sich den kahlen Hinterkopf rieb. Dann schloss er die Lücke, die sich vor ihm in der Kolonne aufgetan und die den Fahrer hinter ihm zum Hupen veranlasst hatte.

Aus dem Walkie-Talkie ertönte Carlos schallendes Gelächter.

«Arschloch», antwortete Tom und warf das Gerät unwirsch auf den Beifahrersitz.

Noch etwa zweihundert Meter bis zum Tunnel. Dunkelheit. Regen. Windböen. Niemand auf dem Pannenstreifen zu sehen. Er hatte Lust auf eine Zigarette – aber im Bus hatte er sich ein striktes Rauchverbot auferlegt. Im Handschuhfach müssten doch noch Kaugummis sein. Er legte den

Leerlauf ein, zog die Handbremse an und schnallte sich los. Dann rutschte er auf den Beifahrersitz und durchsuchte hektisch das Handschuhfach. Ha! Nikotinkaugummi! Hastig stopfte er sich einen in den Mund und begann geräuschvoll zu kauen. Handschuhfach zu. Zurück auf den Fahrersitz. Als er im Begriff war, sich wieder anzuschnallen, hielt er plötzlich inne. War da nicht etwas rechts am Bus vorbeigehuscht? Etwas Helles? Er hörte auf zu kauen und starrte angestrengt in die Nacht hinaus. Aber so weit die Sicht reichte, war nichts und niemand zu sehen. Vorne nicht und hinten nicht. Nur die Fahrzeugkolonne. Rote Lichter vorn, weisse hinten. Er verriegelte die Fahrertür, rutschte noch einmal auf die andere Seite, verriegelte auch die Beifahrertür und die Schiebetür hinten. Zurück am Steuer schnallte er sich an – und begann wieder zu kauen. Langsamer als zuvor, aber nicht weniger geräuschvoll! Und wieder ging es einige Meter vorwärts.

Plötzlich knackte es wieder und vom Beifahrersitz war ein kurzes Jammern zu hören. Hochfrequent, ein wenig schrill. Nach einigen Sekunden der Stille dann ein Geräusch, das Tom an das Wimmern oder Weinen eines Babys erinnerte.

«Idiot», dachte er, rollte die Augen, griff nach dem Walkie-Talkie und drückte die Sprechtaste. «Alter, es reicht jetzt, verdammt noch mal! Kannst mit dem Blödsinn aufhören. Es nervt!»

Carlos Antwort kam ohne Verzögerung: «Das war ich nicht!»

4

Carlo hatte es auch gehört. Es war nicht das erste Mal, dass ihnen jemand dazwischenfunkte – im wahrsten Sinne des Wortes. Vor drei Jahren hatten sie zusammen Schottland bereist und damals erstmals die Walkie-Talkies mitgenommen, um sich unterwegs unkompliziert und rasch verständigen zu können. Es war öfters vorgekommen, dass sie fremde Funksprüche empfangen hatten. Meistens von irgendwelchen Lastwagenfahrern. Aber auch von Kindern, die mit ihren Walkie-Talkies gespielt und zufällig die gleiche Frequenz eingestellt hatten. Aber ein solches Geräusch?

Die Lösung kam Augenblicke später aus dem Funkgerät. «Ach, mein kleiner Schatz, hast du schlecht geträumt? … Komm her … Haben wir ein Stinkerchen gemacht? … Oh jaaa, wir haben ein Stinkerchen gemacht …»

«Babyphone», konstatierte Carlos. «Lass uns den Kanal wechseln. Nummer zwei.»

«Okay. Nummer zwei. Wo bist du?»

«Zwanzig Meter vor dem Loch. Ich schalte jetzt um, habe dann aber im Tunnel vielleicht keinen Empfang mehr.»

Tom legte das Walkie-Talkie zur Seite. Seine Aufmerksamkeit war gefragt. Vor ihm in der Kolonne war ein Wagen liegengeblieben, der es nicht mehr ganz auf den Pannenstreifen geschafft hatte. Die nachfolgenden Fahrzeuge mussten links daran vorbeimanövrieren.

«So, mein Prinz, jetzt riechen wir wieder gut … Noch das Höschen, dann schauen wir mal, ob wir für den kleinen Joel einen leckeren Schoppen finden …»

Tom scherte vorsichtig aus der Kolonne aus und drängte sich auf die Überholspur, so dass er das Pannenfahrzeug in sicherem Abstand umfahren konnte. Sobald er es im Rückspiegel sehen konnte, schwenkte er wieder auf die Normalspur zurück.

«Schatz!» Es war mehr ein Schrei als ein gesprochenes Wort – und er kam von einem Mann! «Schatz, Schatz, Schatz! Das glaubst du nicht!» Dann dröhnte nicht enden wollendes Jubelgeschrei aus dem kleinen Ding auf Toms Beifahrersitz. «Ich drehe durch … unglaublich ist das … unglaublich!»

«Was schreist du so herum, mein Gott! Da bekommt man ja einen Herzinfarkt! Sieh, was du angerichtet hast … Jetzt weint er wieder.»

«Schau dir das an! Schau genau hin!» Wieder Jubelgeschrei des Mannes.

«Ein Lottoschein?»

«Ja! Ein Lottoschein! Mein Lottoschein!»

«Und … hast du etwas gewonnen?»

Ein irres Lachen war die Antwort. «Etwas gewonnen? Etwas gewonnen?» Wieder dieses Lachen. «Das sind sechs Richtige mit Zusatzzahl! Das ist der Jackpot, Madame! Vierundzwanzig Millionen – und es gibt keine anderen Gewinner! Vier-und-zwan-zig Mil-li-o-nen!»

Sekunden später stimmte auch die Frau in das Jubelgeschrei ein. Tom fürchtete, das Walkie-Talkie könnte nächstens explodieren. Nach etwa einer Minute ebbte das Geschrei ab, man hörte nur noch das Weinen.

«Bist du ganz sicher?», fragte die Frau.

«Zweihundertprozentig», versicherte der Mann. «Ich habe es mehrmals überprüft. Dieser kleine Scheisszettel ist ab sofort vierundzwanzig Millionen wert!»

«Um Gottes willen … mir wird ganz schwindlig.»

«Gib mir den Kleinen … Setz dich, Schatz, setz dich … Ich lege ihn in die Wiege, dann hole ich dir ein Glas Wasser. Zum letzten Mal – danach gibt's nur noch Champagner. Auch zum Zähneputzen!» Wieder dieses irre Lachen.

Tom war fassungslos! Er konnte nicht glauben, was er zu hören bekam! Einen Augenblick hatte er gedacht, Carlo würde ihm wieder einen Streich spielen mit irgendeiner Aufnahme aus dem Internet oder so. Aber dann wurde ihm rasch klar, dass er tatsächlich gerade Zeuge eines extrem aussergewöhnlichen Ereignisses war.

«O Gott, o Gott … Ich muss telefonieren … Sofie, Nick, Daddy …»

«Bist du verrückt!», fiel der Mann ihr grob ins Wort. «Das behalten wir schön für uns. Kein Wort! Zu niemandem! Zumindest vorläufig. Später können wir dann in aller Ruhe überlegen, wen wir einweihen wollen!»

«Ja ... aber wenigstens Sofie ...»

«Nein, nein, nein! Zu niemandem, hörst du! Wenn das rauskommt, haben wir nullkommaplötzlich ein Riesenschlamassel, glaub mir! Dann kommen alle und wollen ein Stück vom Kuchen. Wie die Geier!»

Einen Moment lang hörte Tom wieder nur den Kleinen.

«Ja ... wahrscheinlich hast du recht ...»

5

Tom drückte aufgeregt die Sprechtaste.

«Carlo?»

Keine Antwort. Er versuchte es noch einmal.

«Hallo Carlo!»

Nichts. Wahrscheinlich hatte er den Kanal bereits gewechselt. Tom tat es auch.

«Carlo?»

Wieder keine Antwort.

War Carlo schon im Tunnel? Hatte er die verrückten Szenen gar nicht mitbekommen?

Tom wechselte wieder auf Kanal 1. Stille. Er vergewisserte sich, dass er die volle Lautstärke eingestellt hatte und hielt sich das Walkie-Talkie dicht ans Ohr. Nichts!

Tom legte das Gerät wieder zur Seite. Gedankenverloren wischte er einmal mehr die Innenseite der Windschutzscheibe trocken. Dann der Blick zur Seite – der Pannenstreifen war menschenleer. Die Verriegelungshebel an den Türen waren unten. In fünf bis zehn Minuten würde er endlich den Tunnel erreicht haben.

Vierundzwanzig Millionen haben die gewonnen! Wahnsinn! Ein Drittel weg für Steuern, bleiben immer noch achtzehn Millionen. Er schüttelte ungläubig den Kopf! Was man damit alles anstellen könnte! Kredite zurückzahlen, den Job kündigen … vielleicht, vielleicht auch nicht. Zumindest könnte man einigen Leuten sagen, was sie für Arschlöcher sind. Neuseeland, Australien … so lange man Lust hatte. Auch für immer, wenn man wollte. Haus, Boot, neuer VW-Bus … Den letzten Gedanken bereute er, sobald er ihn gedacht hatte. «Nein, nein, keine Angst …» Er streichelte zärtlich über das Armaturenbrett. «Tut mir leid … aber ein wenig restaurieren müsste schon sein.»

Er blickte auf das Walkie-Talkie. Es war immer noch stumm. Schon ein schräger Zufall, dass er mit diesem Amateurding eine so aussergewöhnliche Botschaft empfangen hatte. Wie weit mochte die Reichweite eines Babyphones eigentlich sein? Die Glückspilze wohnten sicher ganz in der Nähe.

Noch wenige Meter bis zum Tunnel.

Er nahm sein Handy und googelte «Babyphone Reichweite». Auf dem Display erschien die Anzeige. *Babyphone Vergleich – die zehn besten Babyphones.* Er scrollte nach unten … voilà: *Aussenreichweite: 300 Meter … 300 Meter … 250 Meter … 330 Meter … 330 Meter … 250 Meter …* Keines der Produkte hatte eine Reichweite von mehr als 330 Metern! Verrückt! Er sah sich um. Rechts der Pannenstreifen – verlassen, notabene. Dahinter dichter Wald. Vor ihm der Berg. Links so eine Art Industriegebiet oder Baustelle. Möglicherweise der Werkhof des Tunnels. Mehr konnte er in der Dunkelheit und bei dem Sauwetter nicht ausmachen. Er versuchte sich zu erinnern, ob er anlässlich der unzähligen Male, die er hier schon durchgefahren war, irgendwelche Wohnhäuser gesehen hatte. Aber er hatte nicht die geringste Vorstellung davon, wie es jenseits der Leitplanken aussah.

Endlich im Tunnel! Und endlich ging es vorwärts!

Er kurbelte das Seitenfenster herunter, um die Feuchtigkeit rauszulassen. Mit einem kurzen Blick in den Innenrückspiegel versicherte er sich, dass alles in Ordnung war. Keine ungebetene Mitreisende mit weissen Haaren. Nach zwei-, dreihundert Metern kurbelte er die Scheibe wieder hoch und rutschte auf seinem Sitz in eine bequemere Position.

Vierundzwanzig Millionen! Drei- bis maximal vierhundert Meter von ihm entfernt! Ein kleiner, anonymer Zettel mit ein paar Zahlen! … schuldenfrei … Neuseeland … Haus … Boot … Er verscheuchte die Gedanken und versuchte sich auf die Strasse zu konzentrieren. Und auf das bevorstehende Fest in Wietzendorf.

Auf der anderen Seite des Berges war die Strasse trocken. Tom kurbelte das Fenster wieder herunter und genoss die frische und vor allem trockene Nachtluft. Am Himmel konnte er die Sterne sehen – vermutlich würde es trocken bleiben.

Rastplatz Mühlematt Ost stand auf dem Schild, das er eben passiert hatte. Er griff nach dem Walkie-Talkie. «Alter, wo bist du?»

«Wollte ich dich auch gerade fragen … Auf Höhe Tenniken. Du?»

«Soeben raus aus dem Tunnel, kurz vor dem Rastplatz Mühlematt Ost. Alles okay bei dir?»

«Alles bestens! Der Weissen Frau habe ich gesagt, sie könne mich mal … sie solle bei dir einsteigen.» Er lachte dreckig.

«Extrem witzig! Ehm … hast du noch mehr Radio Babyphone gehört?»

«Nein! Nichts!»

Tom kaute einen Moment auf der Unterlippe herum. Dann atmete er tief durch. «Hör mal … ich muss beim Rastplatz noch einmal kurz raus … kann mein Handy nicht finden.»

«Ich ruf dich an», sagte Carlo.

«Ja, mach das!»

Wenige Sekunden später klingelte das Handy auf dem Beifahrersitz. Tom stellte es auf «lautlos».

«Und?», wollte Carlo via Walkie-Talkie wissen.

«Nichts!», log er, setzte den Blinker und nahm die Ausfahrt zum Rastplatz. «Hoffentlich habe ich das Ding nicht am Eggberg verloren … auf der Toilette oder so.»

«Super! Und jetzt?»

«Ich schau mich mal im Bus um, vielleicht liegt es ja irgendwo. Auf lautlos gestellt. Wenn nicht, muss ich zurückfahren.»

Aus dem Walkie-Talkie kam vorerst keine Antwort, aber Tom wusste genau, dass Carlo in ebendiesem Moment ziemlich deftig am Fluchen war.

«Muss ich mitkommen? Oder irgendwo warten?», meldete er sich Augenblicke später. Es klang nicht besonders freundlich.

«Nein. Fahr du ruhig weiter. Wir treffen uns spätestens in Bruchsal.»

«Wie du meinst! Dann bis später!»

Tom manövrierte den Bus auf ein freies Parkfeld, zog die Handbremse an und stellte den Motor ab. Dann ergriff er das Handy und öffnete *Google Maps*. Er zoomte auf die Region vor der Tunneleinfahrt und stellte die Satellitenansicht ein. Unmittelbar vor dem Tunneleingang gab es tatsächlich nur Industriegelände, keine Wohnhäuser. Aber etwa zweihundert Meter weiter südlich, auf der linken, also auf der westlichen Seite der Autobahn, entdeckte er eine kleine Häusergruppe, bestehend aus acht bis zehn Gebäuden, von denen die meisten aus der Vogelperspektive aussahen, als wären es Bauern- oder Einfamilienhäuser. Das Babyphone musste in einem dieser Häuser sein! Die nächsten Gebäude lagen weitere zwei- bis dreihundert Meter weiter südlich auf der Ostseite der Autobahn. Zu weit weg!

In einem dieser acht bis zehn Häuser lagen also vierundzwanzig Millionen herum. Unvorstellbar! Und irgendwie auch ungerecht! Unverschämt! Wer braucht schon vierundzwanzig Millionen! Eine oder zwei wären okay, vielleicht drei! Ist doch wahr! Die hatten nichts für das Geld getan, nur unglaubliches Glück gehabt. Und offenbar waren sie so egoistisch, dass sie niemanden an ihrem Gewinn wollten teilhaben lassen.

Er stieg aus dem Bus und zündete sich eine Zigarette an. Rauchend und mit gesenktem Blick tigerte er ziellos auf den Parkfeldern herum. Es war einfach nicht gerecht! Er hatte jahrelang geschuftet und verbissen um den Erhalt der Bäckerei gekämpft, die er von seinem Vater übernommen hatte. Trotzdem hatte er vor Jahren Konkurs anmelden müssen. Und es hatte ihn seine Ehe gekostet. Wobei … viel wert waren sie nicht gewesen. Die Ehe nicht und seine Ex nicht, die jetzt irgendwo in Frankreich lebte und die er seit zehn Jahren nicht mehr gesehen hatte. Der einzige Kontakt zu ihr bestand in Form seiner monatlichen Banküberweisungen. Seit nunmehr fünfzehn Jahren arbeitete er in der Grossbäckerei der *Migros*, machte nie blau, war nie krank – und trotzdem konnte er sich nichts leisten. Nicht viel jedenfalls. Und es bestand keine Aussicht auf eine positive Veränderung. Im Gegenteil! Er musste froh sein, wenn er den Job behalten konnte. Heutzutage wusste man ja nie. Und in seinem Alter wäre es schwierig, etwas Neues zu finden. 54-jährige Bäcker wurden nicht gerade von Headhuntern gejagt.

Missmutig kickte er eine zerbeulte Aludose weg und schnippte den Zigarettenstummel ins Gelände.

Er griff wieder zum Handy. *Google Maps*. Zoom auf die Häusergruppe. «Eigentlich ganz schön abgelegen», dachte er.

Dann aktivierte er den Routenplaner.

6

Die nächste Ausfahrt war in Sissach. Dort konnte er auf die Gegenfahrbahn wechseln und umkehren. Erneut durch den Belchentunnel, bis Egerkingen. Danach musste er eine Schlaufe fahren, zuerst ostwärts Richtung Hägendorf, dann nach Norden, durch Hägendorf hindurch, um von hier aus weiter nordwestlich zu der isolierten Häusergruppe zu gelangen. 30 Minuten würde die Fahrt gemäss Routenplaner dauern. 33 Kilometer.

Schreckliches wird passieren! Etwas ganz Furchtbares! Vor der Einfahrt in den Belchentunnel vergewisserte Tom sich abermals, dass die Fahrzeugtüren verriegelt waren.

Auf der anderen Seite des Belchen regnete es immer noch. Als er aus dem Tunnel kam, war es, als würde er in eine Wasserwand hineinfahren. Wieder die überforderten Scheibenwischer, wieder das Rinnsal an der Innenseite der Windschutzscheibe. Er musste sein Tempo drosseln, um einigermassen sicher voranzukommen.

Die Häusergruppe musste jetzt rechts von ihm liegen, aber die Autobahn war von dichtem, zu nächtlicher Stunde schwarz imponierendem Buschwerk und von Bäumen gesäumt, so dass ihm die Sicht verwehrt blieb. Wahrscheinlich hätte er die Häuser auch bei Tageslicht und schönem Wetter nicht ausmachen können.

Das Walkie-Talkie blieb stumm. Dafür ertönte der Klingelton seines Handys. Carlos grinsendes Gesicht leuchtete auf dem Display. Tom ignorierte es. Carlo brauchte nichts von dem zu wissen, was er hier tat. Von dem, was er vorhatte. Ja, was zum Teufel hatte er eigentlich genau vor? Es war absolut idiotisch! Sinnlos! Er könnte es nicht erklären. Nicht einmal sich selber, geschweige denn Carlo! Der würde ausrasten! Nicht dass ihn, Tom, das einschüchtern würde, aber er hatte schlicht und einfach keine Lust, mit

Carlo zu diskutieren. Er hatte nun einmal den unwiderstehlichen Drang, sich an den Ort zu begeben, wo diese Glückspilze wohnten. Vielleicht würde das Glück ja auch ein wenig auf ihn abfärben. Wenn er nur nahe genug daran heränkäme. Vielleicht würde er auch etwas sehen, das seinen Neid, seinen grossen Neid, ein wenig abschwächen würde. Keine Ahnung, was das sein könnte ... Wie auch immer. Zumindest würde er von seinem kleinen Abenteuer erzählen können. Wenn morgen im *Blick* stand, dass ein Unbekannter den Lottojackpot geknackt und vierundzwanzig Millionen gewonnen hatte, würde er sagen können: «Ich weiss! Und ich weiss, wo er wohnt.» Möglicherweise sogar: «Und ich stand gestern Abend vor seinem Haus.»

Nein, Carlo brauchte nichts zu wissen. Später würde er ihm vielleicht alles erzählen. Aber nicht jetzt.

Tom spielte seit Jahrzehnten selber Lotto. Immer den Mindesteinsatz. Seine Dauerzahlen. Einmal, vor langer Zeit, hatte er vier Richtige und bekam dafür fünfzig Franken. Unzählige Male drei Richtige, was jeweils ein paar mickrige Fränkli einbrachte.

Er war gut vorangekommen und hatte Hägendorf bereits durchquert. In der regnerischen Nacht schien der Ort wie ausgestorben. Nur zwei Personen hatte er am Strassenrand gesehen und unten im Dorf einen Velofahrer überholt, dem Dunkelheit und garstiges Wetter nichts auszumachen schienen. Jetzt fuhr er über eine unbeleuchtete, schmale, aber immerhin geteerte Strasse bergwärts auf die kleine Häusergruppe zu. Noch wenige Meter mit Buschwerk und Bäumen zu beiden Seiten, dann sah er linker Hand das erste Haus. Es war unbeleuchtet. Er hielt kurz an und schaute sich das Satellitenbild auf *Google Maps* genauer an. Die Strasse führte noch etwa hundert Meter weiter hangwärts bis zum obersten Haus, dann kam der Wald. Auf halbem Weg gab es noch einen Abzweiger nach links, wenn man diesem folgte, gelangte man zu drei weiteren Gebäuden. Er fuhr weiter, an allen Häusern vorbei hoch bis zum Wald. Dort wendete er den Bus und stellte den Motor ab. Dann das Licht. Was zum Teufel machte er hier? Er verharrte einen Moment reglos, lauschte dem Regen und versuchte das Pochen in seiner Brust zu ignorieren. Und das in seinem Kopf. Dann betrachtete er seine Hände, die er in der Dunkelheit gar nicht sehen konnte. Aber er wusste, dass sie zitterten.

Drei Häuser mit beleuchteten Fenstern hatte er gesehen. Zwei auf der rechten Seite und eines links, ganz zuoberst, leicht versteckt hinter einer Baumgruppe. Er schüttelte den Kopf und rieb sich mit beiden Händen das Gesicht. «Lass den Blödsinn und fahr zurück», sagte er laut. Dann startete er den Motor, schaltete das Licht ein und liess den Bus langsam die Strasse hinunterrollen. Beim Abzweiger wollte er eigentlich geradeaus fahren, zurück nach Hägendorf und dann zur Autobahn. Schluss mit dem Unsinn! Aber im letzten Moment riss er das Steuer doch noch herum und der Bus bog schwankend auf den Abzweiger ein. Nur eines der Häuser hier hatte beleuchtete Fenster, die anderen waren finster. Er fuhr an ihnen vorbei. Nach hundert Metern wendete er und fuhr im Schritttempo zurück. Vor dem beleuchteten Haus hielt er an und schaltete das Licht aus. Er starrte in ein Küchenfenster, etwa zwanzig Meter von ihm entfernt. Es sah jedenfalls aus wie eine Küche. Mit Schränken und einem Dampfabzug wahrscheinlich. Plötzlich trat jemand an die Schränke, öffnete einen davon und verschwand hinter der geöffneten Tür. Sekunden später wurde die Tür wieder geschlossen. Eine Frau. Es musste eine alte Frau sein … die Umrisse der Frisur … die leicht bucklige Haltung … Sie drehte sich um und ging – mit einer Schüssel in der Hand – langsam am Fenster vorbei. Dabei wurde ihr Kopf für einen Sekundenbruchteil hell beleuchtet. Tom zuckte zurück. Weisse Haare! Sie hatte weisse Haare! Dann war sie nicht mehr zu sehen. «Scheisse», fluchte Tom halblaut und fuhr sich mit dem Handrücken über die Stirn. Dann tauchte kurz ein kahlköpfiger, dicker Mann mit grosser Brille auf und verschwand an der gleichen Stelle aus seinem Blickfeld wie zuvor die Alte mit den weissen Haaren.

Tom seufzte. Er fuhr wenige Meter weiter bis zur Kreuzung. Drei Häuser kamen noch infrage. Das Haus links oben, hinter den Bäumen. Und die zwei rechts unten. In einem davon gab es ein Babyphone und einen Lottoschein im Wert von vierundzwanzig Millionen! «Ich fahre zurück», sagte er im Brustton der Überzeugung, zögerte noch einen Moment – und drehte dann doch nach links ab, zum oberen Haus. Nach wenigen Metern bog er um eine Baumgruppe herum auf einen Vorplatz von der Grösse eines Volleyballfeldes. Nahe am Haus standen zwei Fahrzeuge, ein weisser SUV und ein roter Mini. Er wendete den Bus, um sofort wieder losfahren zu können, dann löschte er das Licht und wartete. Soweit er in der Dunkelheit erkennen konnte, handelte es sich um ein kleines Einfamilienhaus mit einem klassischen Giebeldach. Im Erdgeschoss und im ersten Stock brannte Licht. Oben in einem der Fenster, unten in deren zwei. Er sah keine Bewegung hinter diesen Fenstern und auch bei der Eingangstüre blieb es ruhig. Er stellte den Motor ab und wartete weiter. Was sollte er sagen, wenn jetzt plötzlich die Tür aufginge, jemand aus dem Haus käme und ihn fragen würde, was er hier zu suchen habe? Nichts? Einfach abhauen?

Carlo rief wieder an. Tom stellte das Handy auf «lautlos» und legte es mit dem Display nach unten zurück.

Mittlerweile hatte es aufgehört zu regnen. Er hörte nur noch vereinzelte Tropfen auf das Dach des Busses fallen. Er schnallte sich los, öffnete zögerlich die Tür und stieg langsam aus. In der Ferne hörte er einen Hund bellen, sonst blieb alles ruhig. Sorgfältig und möglichst leise drückte er die Tür wieder ins Schloss.

Er ging langsam um den Bus herum, ohne das Haus aus den Augen zu lassen. Hinter einem der unteren Fenster tauchte kurz ein Mann auf. Viel konnte Tom nicht erkennen, aber er glaubte ein Glas in der einen Hand des Mannes gesehen zu haben. Das Licht im oberen Zimmer erlosch.

Dann widmete er seine Aufmerksamkeit den beiden Fahrzeugen vor dem Haus und ging ein paar Schritte auf den SUV zu. Hinten rechts am Heck des Wagens sah er einen Aufkleber: *Baby an Bord*.

«Verschwinde von hier», flüsterte er leise vor sich hin. Er drehte sich um und wollte gerade zum Bus zurückkehren, als ihm der weisse Fahnenmast vorne bei der Einfahrt auffiel. Sein Blick folgte dem Mast bis ganz nach oben. Dort hing nicht wie erwartet die Schweizerfahne oder jene des Kantons Solothurn, sondern ein Storch. Wie an einem Galgen. Im Schein der erleuchteten Fenster konnte er erkennen, dass der Storch ein Körbchen in seinem Schnabel trug. In dem Körbchen lag ein Baby. Und unten am Körbchen hing ein Holzschild: *Joel – 2. April 2019*.

7

Carlo hatte mehrmals versucht, Tom auf seinem Handy oder über das Walkie-Talkie zu erreichen. Auch über WhatsApp. Er hatte ein schlechtes Gewissen, weil er ihn allein hatte zurückfahren lassen. Er hätte ihm beim Suchen helfen können. Helfen müssen! Normalerweise schauten sie aufeinander, wenn sie zusammen mit ihren Bussen unterwegs waren. Das gehörte sich so. Erstens grundsätzlich. Und zweitens, weil es mit den älteren Fahrzeugen doch immer wieder Probleme gab. Da half man sich. Und als gelernter Automechaniker sah er sich diesbezüglich erst recht in der Pflicht. Aber in letzter Zeit war Tom so schusselig und unzuverlässig gewesen. Mal hatte er sein Portemonnaie zu Hause vergessen, mal die Tickets für die Country Night in Gstaad. Das letzte Mal hatte er sich um eine Stunde verspätet, weil er verschlafen hatte. Ständig war irgendetwas. Und jetzt das mit dem Handy! Carlo hatte sich aufgeregt. Aber schon wenig später hatte ihm seine Reaktion leidgetan. Tom wäre selbstverständlich und ohne zu fragen mit ihm zurückgefahren, wenn ihm, Carlo, ein ähnliches Missgeschick passiert wäre.

Also hatte Carlo zunächst auf dem nächsten Rastplatz gewartet und sich wenig später, nachdem er Tom nicht hatte erreichen können, auf den Rückweg gemacht. Während der Fahrt hatte er ständig angestrengt auf die Gegenfahrbahn geachtet und nach Toms gelb-weissem VW-Bus Ausschau gehalten. Wäre blöd gewesen, wenn sie sich verpasst hätten.

In wenigen Minuten würde er am Rastplatz Eggberg ankommen, wo er Tom anzutreffen hoffte.

«Tom? … Hallo, hallo?» Keine Antwort auf Kanal zwei. «Falls du mich hören kannst … ich bin unterwegs zum Eggberg … bin in fünf Minuten da.» Immer noch nichts. Er wechselte auf Kanal eins. «Toooom! Hörst du mich? Bin in fünf Minuten am Rastplatz Eggberg!»

Dann versuchte er es noch einmal mit dem Handy und schickte ihm eine Nachricht per WhatsApp.

Am Rastplatz angekommen fuhr er im Schritttempo über das Areal bis zu dem Parkplatz, den sie bei ihrem letzten Besuch hier belegt hatten. Toms Bus war nirgends zu sehen. Er hielt an. Keine Nachricht auf dem Display. Er steckte das Handy in die hintere linke Hosentasche, stellte den Motor ab und stieg aus. «Mist!» So wie es aussah, hatte Tom das Handy nicht gefunden und war bereits weitergefahren. Wahrscheinlich hatten sie sich in einem der richtungsgetrennten Tunnel gekreuzt. Sie würden sich wohl erst in Bruchsal wieder treffen, wo sie mit den Österreichern abgemacht hatten, die über München und Stuttgart anreisten. Er sah auf die

Uhr. Zeit blieb noch genug. Und wenigstens hatte es aufgehört zu regnen. Er steckte die Hände in die Hosentaschen und schlenderte zu einer Gruppe von Lastwagen. Vielleicht hatte Tom ja irgendwo zwischen den Brummis geparkt. Danach suchte er die WC-Anlage auf. Tom fand er auch hier nicht. Und natürlich auch nicht Toms Handy. Aber immerhin – er konnte die Gelegenheit nutzen und sich noch einmal erleichtern.

«So weit bin ich noch nie gefahren, nur um zu schiffen», dachte er, während er mit dem Strahl auf die aufgemalte Fliege im Pissoir zielte.

Nachdem er seine Kleider gerichtet und die Hände gewaschen hatte, trat er hinaus und steckte sich eine Zigarette an. Wie und wo kann man hier sein Handy verlieren, fragte er sich. Er schüttelte den Kopf. Das Ding liegt sicher irgendwo im Bus, unter oder neben einem Sitz. Oder er hat es zwar gefunden, aber mit leerem Akku. Und das Ladekabel vergessen! Würde zu Tom passen, so wie der in letzter Zeit drauf war.

Minuten später war Carlo wieder unterwegs Richtung Belchentunnel. Plötzlich hörte er ein Knacken aus dem Walkie-Talkie. Er griff danach. Noch einmal ein Knacken – sonst nichts. «Tom? Bist du da?» Keine Antwort.

Wieder das Knacken. Dann kurz das Geschrei eines Babys.

«Roni … du jemanden mit einem VW-Bus?» Die Stimme einer Frau! Es klang verwundert.

Carlo starrte ungläubig auf das kleine schwarze Gerät in seiner Hand. «Hallo! … Wer spricht da?»

«… Nummer … auch … fickende Frösche …»

«Haaaalooo», rief er laut, das Walkie-Talkie dicht vor dem Mund.

«… mal nachschauen? … Typ … unten auf dem Platz … komme mit Joel runter.» Wieder kurzes Baby-Geschrei.

Wie schräg war das denn! Er suchte nach einem VW-Bus – und eine unbekannte Stimme aus dem Äther sprach plötzlich von eben einem solchen Bus. Vor seinem geistigen Auge tauchte zwangsläufig das Bild der Weissen Frau auf. Er schauderte und warf das Walkie-Talkie unwirsch zur Seite.

8

«Kann man Ihnen helfen?»

Tom zuckte zusammen. Inhaltlich war die Frage freundlich formuliert, aber der Tonfall machte eine andere Botschaft daraus: Sie haben hier nichts zu suchen! Verschwinden Sie!

Tom drehte sich langsam um. In der hell erleuchteten Eingangstür sah er die Silhouette eines schmächtigen Mannes. Die Beine leicht gespreizt, die Arme in die Seiten gestemmt. War das der frischgebackene Multimillionär?

«Sie stehen auf einem Privatgrundstück!»

War der schon immer so? Oder erst seit er reich ist? Das wäre dann aber verdammt schnell gegangen.

«Tschuldigung … ich … ehm … habe mich wohl verfahren.» Tom zeigte auf den Bus. «Kein Navi.» Dann hob er resigniert die Hände. «Und kein Telefon.»

Der schmächtige Kerl verschränkte die Arme vor der Brust. «Und wo wollten Sie denn hin? Um diese Zeit! So ohne Navi … und ohne Telefon.»

«Ich … ich wollte … ich suche die Langenbruckstrasse.» Das war der einzige Strassenname, der ihm bei der Herfahrt aufgefallen war, unten im Dorf.

«Ach ja? Die ist definitiv nicht hier!» Dann drehte er den Kopf zur Seite. «Schatz, hast du das Kennzeichen notiert?»

Aus dem Innern des Hauses hörte er ein schwaches «Ja». Die Stimme einer Frau. «Aber komm jetzt rein!»

«Gleich …» Und wieder an Tom gerichtet: «Sie verschwinden jetzt blitzartig von diesem Grundstück mit Ihrem … Ihrem Hippie-Bus! Sonst …» Er trat einen Schritt zurück ins Haus, verschwand kurz aus dem Türrahmen, tauchte aber sofort wieder auf – mit einem Stock in der rechten Hand. Einem Golfschläger, wie Tom im Lichtschein der Tür erkennen konnte. «Wird's bald!» Der Kerl schlug sich damit demonstrativ in die linke Handfläche.

«Ho …» Tom machte eine beschwichtigende Geste, aber er konnte fühlen, wie ihm das Blut in den Kopf stieg. «Easy, Mann! Bin ja schon weg.» Dann trat er ohne Eile zum Bus und öffnete die Fahrertür. «Kleines, arrogantes Arschloch!», dachte er.

Drinnen im Haus begann ein Baby zu schreien. «Joel, der Millionärssohn», ging es Tom durch den Kopf. «Scheisskind!»

«Komm jetzt endlich rein und schliess ab!», meldete sich jetzt auch die Frau im Haus lautstark zu Wort. Die Millionärsfrau. Scheissfrau!

«Gleich, habe ich gesagt! Und jetzt seid ruhig da drin!»

Tom stieg ein. Er schlug die Tür so fest zu, dass er die Druckwelle im linken Ohr spürte. Dann startete er den Motor. «Mistkerl, verfluchter!», brach es aus ihm heraus, während er mit den Fäusten auf das Steuer schlug. Schliesslich hielt er inne, kniff die Augen zusammen und atmete ein paarmal tief durch. Dann liess er den Motor aufheulen und nahm den Fuss von der Kupplung. Der Bus fuhr mit quietschenden Reifen los und zog eine enge Kurve. Aber nicht auf die Strasse zu, sondern rückwärts, Richtung Haus! Wenige Meter vor dem Hauseingang kam er zum Stehen. Der Millionär holte mit dem Golfschläger aus, machte zwei energische Schritte auf den Bus zu, hielt aber inne, als er Toms wütende Fratze hinter der Scheibe sah. Tom, zusätzlich angestachelt durch die aggressive Geste, stiess die Tür auf, sprang aus dem Bus und ging direkt auf den Millionär zu.

9

Der Millionär holte zum Schlag aus. Aber Tom war schneller. Er sprang auf ihn zu, blockierte mit seinem linken Unterarm den Schlagarm des Millionärs und stiess ihm die rechte Handfläche ins Gesicht. Der Schläger fiel polternd zu Boden und der Millionär begrub sein Gesicht hinter den Händen.

«Aufhören!», winselte er und taumelte rückwärts. Seine schütteren, halblangen Haare klebten ungepflegt an seinem Kopf. Blut lief aus seiner Nase und tropfte auf sein weisses Tanktop und die graue Trainingshose.

Tom setzte nach und versetzte ihm einen leichten Stoss vor die Brust. «Ich habe noch gar nicht angefangen, du blöder Hund.» Ein weiterer Stoss, diesmal etwas heftiger. Wieder das Winseln. «Was ist jetzt mit deiner grossen Klappe, hä?» Wieder ein Stoss. «Machst mich blöd an und bedrohst mich mit deinem Scheissgolfschläger!»

Mittlerweile standen sie beide im schmalen Eingangsbereich des Hauses. Mit dem Fuss stiess Tom die Tür hinter sich zu. Der Millionär wich weiter zurück und Tom folgte ihm in eine grossräumige Wohnküche. Dort stand, bewegungslos und mit schreckensweiten Augen, die Dame des Hauses. Blonde, lange Haare, fülliges Gesicht, fülliger Körper – in hellblauem Trägershirt und Bluejeans. Auf einem Arm trug sie das schreiende Baby und drückte es angstvoll an ihre Brust. In der anderen Hand hielt sie ein Telefon. Tom zeigte mit ausgestrecktem Arm auf den Esstisch. «Auf den Tisch damit … das Telefon … sofort!» Sie zögerte. «Sofort, habe ich gesagt!»

Hastig tat sie, wie geheissen. Auf dem Tisch standen Kaffeegeschirr, eine Champagnerflasche, zwei halb gefüllte Gläser und ein halber Apfelkuchen. Dazwischen verteilt zwei geöffnete Reisekataloge, ein Schreibblock mit Bleistift – das oberste Blatt war beschrieben – und eine kleine Klarsichtmappe mit einer Spielquittung von Swisslos.

«Wo ist das Babyphone?», fragte Tom. Der Mann und die Frau sahen sich verdutzt an. Toms Blick wechselte zwischen ihnen hin und her.

«Oben, im Kinderzimmer», antwortete die Frau schliesslich in weinerlichem Ton. «Und der Empfänger ist nebenan, im Wohnzimmer».

Tom nickte. Also keine Gefahr. Was er mit dem Walkie-Talkie empfangen hatte, war aus dem Kinderzimmer gekommen. Von hier, aus der Küche, hatte das Babyphone nichts übertragen.

«Ist das der Gewinnschein?», fragte er und zeigte auf die Klarsichtmappe. Wieder sahen sich die beiden an, mit Gesichtern, die eine Mischung aus Verblüffung und Entsetzen ausdrückten, wie Tom es noch nie gesehen hatte.

«Was für ein Gewinnschein?» Der Versuch des Millionärs war wenig überzeugend.

«Das ist nichts!», doppelte die Frau mit schriller Stimme nach.

«Mal sehen», sagte Tom. «Soviel ich weiss, waren vierundzwanzig Millionen im Jackpot.» Er trat zum Tisch und wollte nach der Mappe greifen.

Aus dem Augenwinkel sah er die schnelle Bewegung. Der Millionär griff blitzartig nach etwas, das in der Spüle lag, und stürzte mit einem wütenden Schrei auf Tom zu. Tom war überrascht von der Entschlossenheit und der Geschwindigkeit des schmächtigen Mannes. Und vom Gegenstand, den er in der vorgestreckten Hand hielt: einem Brotmesser. Tom gelang es, dem Angriff auszuweichen, indem er einen schnellen Schritt zur Seite machte. Der Stich ging knapp an seinem Bauch vorbei ins Leere und Tom schlug reflexartig zu. Er traf den Mann wuchtig an der rechten Schläfe. Der Millionär sackte nach hinten weg, begleitet von einem Aufschrei seiner Frau. Das widerliche Knacken, als er mit dem Nacken an der Tischkante aufschlug, war trotz des Aufschreis deutlich zu hören. Als würde man einen Ast übers Knie brechen. Tom wusste sofort, was das Geräusch bedeutete. Und die Frau wohl auch. Einen Moment lang starrten beide ungläubig auf den reglosen Körper, in dessen Schritt sich langsam ein nasser Fleck ausbreitete. Dann begann sie erneut zu schreien.

10

«Aufhören!» Tom ging auf die Frau zu, die sich – das weinende Baby an die Brust drückend – die Seele aus dem Leib schrie. «Seien sie ruhig, verdammt noch mal!»

Sie ignorierte ihn. War wie von Sinnen. Tom stellte sich zwischen sie und ihren toten Mann, hob beschwichtigend die Hände. «Sie schreit die ganze Nachbarschaft zusammen», dachte er. Jeden Moment werden hier Leute auftauchen … die Polizei … ein Sonderkommando … «Beruhigen Sie sich endlich», fuhr er sie mit gepresster Stimme an. Aber das tat sie nicht. Im Gegenteil! Sie schrie noch schriller, stiess ihn mit einem Arm beiseite, drängte sich an ihm vorbei, wollte zu ihrem Mann. Tom dreht sich nach ihr um, packte sie von hinten an den Haaren und presste ihr die Hand auf den Mund. Das Schreien wurde leiser. Aber es hörte nicht auf. Er drückte fester. Sie versuchte seine Hand vom Mund zu reissen und begann, sich wie wild zu winden, um von ihm freizukommen. Natürlich hatte sie keine Chance. Schon grundsätzlich nicht – und erst recht nicht mit einem Baby im Arm. Aber Tom wurde gezwungen, sie noch fester an den Haaren zu packen. Und noch fester zuzudrücken. Langsam schien sie zu erlahmen. Tom fürchtete, sie könnte das Baby fallen lassen, aber er durfte sie nicht loslassen, sie gab immer noch keine Ruhe. Langsam zog er sie nach hinten und drückte sie gleichzeitig zu Boden. Kurz bevor er sie ganz unten hatte, erschlaffte sie und das schreiende Baby rutschte ihr aus dem Arm. Tom liess von ihrem Mund ab und kriegte den Kleinen gerade noch an einem Arm zu fassen, bevor er am Boden aufschlug. Tom legte ihn schnell, aber vorsichtig hin, während er Kopf und Oberkörper der reglos vor ihm sitzenden Frau noch immer an den Haaren hochhielt. Er wollte sie gerade zu Boden lassen, als wieder Leben in sie drang. Sie öffnete die Augen und schaute sich verdattert um, als wäre sie das erste Mal hier. Der Leichnam ihres Mannes, das weinende Baby neben ihr, der Mörder hinter ihr, der sie an den Haaren festhielt, als wolle er sie jeden Moment wie einen Kartoffelsack über den Boden wegschleifen … Ihre Verwunderung schlug schlagartig in Entsetzen um, sobald sie die Situation nicht nur erfassen, sondern auch wieder begreifen konnte. Und wieder begann sie zu schreien.

Tom kniff das Gesicht zusammen und schüttelte resigniert den Kopf. Dann kniete er hinter ihr nieder, verschränkte die Arme um ihren Hals – wie er es seinerzeit in der militärischen Nahkampfausbildung gelernt hatte – und drückte zu.

11

Tom trat ans Fenster und starrte angestrengt in die Nacht hinaus. Draussen schien alles ruhig. Keine Nachbarn in Sicht, keine Polizei, kein Sonderkommando. Dann sah er sich im Raum um. *Schreckliches wird passieren …* Schreckliches IST passiert! Das war es also, was sie gemeint hatte! Panik stieg in ihm hoch und verdichtete sich zu einem Gefühl, als wäre er in eine laufende Schrottpresse geraten. Ihm wurde übel – gleich würde er kotzen. Er musste raus hier!

32

Abhauen, so rasch wie möglich! Raus aus dem Haus! Raus aus diesem Albtraum! Er hetzte zur Haustür, riss sie auf und stürzte ins Freie. Draussen blieb er einen Moment taumelnd stehen und sog zweimal die frische Luft ein. Dann stieg er in den Bus, drehte mit zitternder Hand den Zündschlüssel und fuhr los.

Nach zehn Metern machte er eine Vollbremsung. «Scheissdreck», fluchte er laut. «Scheissdreck, Scheissdreck, Scheissdreck!» Er stellte den Motor ab, stieg aus dem Bus und eilte zurück ins Haus. Er hob das weinende Baby vom Küchenboden und hielt es mit ausgestreckten Armen auf Augenhöhe. «Ist ja gut», sagte er leise und machte dazu unbeholfene Schaukelbewegungen. «Tut mir leid … ich wollte das nicht … aber dein Vater …» Der Kleine hörte nicht auf zu weinen. «Alles gut … alles gut … hast du Hunger, oder was?» Er sah sich in der Küche um. Auf der Anrichte, neben dem Herd, stand ein fast voller Schoppen. Tom ging ins angrenzende Wohnzimmer und legte den Kleinen aufs Sofa. Zurück in der Küche, nahm er die Flasche prüfend in beide Hände. «Warm», dachte er, ging zurück zum Baby, richtete es ein wenig auf und hielt ihm die Flasche an den Mund. Der Kleine begann sofort gierig zu nuckeln. «Was mache ich mit ihm?», dachte er. Tom war klar, dass er so schnell wie möglich von hier wegmusste. Aber wie lange konnte ein so kleiner Mensch allein sein? Wie lange würde es dauern, bis jemand hier auftauchen und ihn finden würde? Mitnehmen und irgendwo deponieren war keine Option. Zu riskant. Er sah auf seine Uhr. «Die paar Stunden bis zum Morgen wirst du ausharren müssen. Dann rufe ich irgendwo an … die sollen dich holen … armer Wurm.»

Gab es hier noch irgendwelche Spuren zu verwischen? «Wahrscheinlich tausende», dachte er. Aber er hatte weder Zeit dafür noch eine Ahnung, was man alles beachten müsste.

Und da es ja keinerlei Verbindung zu ihm gab und er noch nie Fingerabdrücke oder DNA-Material hatte abgeben müssen, spielte das auch keine Rolle. Mehr Sorgen machte ihm die Frage, ob er auf der Fahrt hierher jemandem aufgefallen war. Gefilmt oder fotografiert worden war. Er hatte sich zwar bewusst an Verkehrsregeln und Geschwindigkeitsbegrenzungen gehalten – aber man wusste ja nie!

Der Schoppen war leer und Joel schien zufrieden. Jedenfalls weinte er nicht mehr. Das Babyphone sei oben, hatte sie gesagt. Er nahm den Kleinen und trug ihn ins obere Stockwerk. Er fand das Kinderzimmer, legte ihn in die Wiege und deckte ihn ein wenig zu. Und er legte ihm das kleine Stoffschweinchen zur Seite, das auf dem Wickeltisch lag.

Einen Moment lang starrte er nachdenklich auf das Babyphone neben der Wiege. Dann schaltete er es aus und zog den Stecker raus. Das Licht im Zimmer liess er brennen, als er es verliess.

Wieder unten in der Küche, nahm er die Klarsichtmappe mit der Swisslos-Spielquittung vom Tisch, faltete sie zusammen und schob sie hinten in den Hosenbund. Er sah sich noch einmal um, vermied aber den Blick auf die leblosen Körper am Boden. «Das Autokennzeichen!», schoss es ihm plötzlich durch den Kopf. Sie sagte doch, sie habe das Autokennzeichen notiert! Er zog den kleinen Schreibblock zu sich, der neben der Champagnerflasche auf dem Tisch lag – und sah es sofort. Oben links auf dem obersten Blatt … BE 23664. Er atmete erleichtert durch, nahm den Schreibblock an sich und verliess das Haus.

12

Gute zehn Minuten später nahm Tom in Egerkingen wieder die Auffahrt auf die A2, Richtung Basel. Es war zehn vor elf.

Der Verkehr lief nun flüssig und es regnete nicht mehr. Er würde gut vorankommen. Seit er vom Haus weggefahren war, hatte er noch nicht gross über die Ereignisse nachdenken können. Und über das, was jetzt alles kommen würde. Voll gepumpt mit Adrenalin hatte er seine ganze Aufmerksamkeit dem Verkehr gewidmet, darauf geachtet, ja nicht aufzufallen.

Jetzt, kurz vor dem Belchentunnel, ertappte er sich dabei, wie er erneut den Pannenstreifen absuchte. *Leider gar nicht gut ... Schreckliches wird passieren.* Tom überlief ein Schauder und er begann zu zittern, als wäre er soeben einem Eisbad entstiegen. Als er in den Tunnel einfuhr, fühlte er sich plötzlich fiebrig. Fühlte kalten Schweiss auf der Stirn. Was um Himmels willen hatte er getan? Vor nicht einmal einer Stunde war er noch ein ganz normaler Mensch gewesen. Jetzt war er ein Doppelmörder. Ein Doppelmörder! Und ein Waisenmacher. Und ein Multimillionär? Er griff nach hinten und zog die Klarsichtmappe aus dem Hosenbund. Vierundzwanzig Millionen! Vierundzwanzig Millionen Schweizer Franken war das Ding da drin wert. Er betrachtete nachdenklich den kleinen Schein. Stimmte das überhaupt? War das tatsächlich der richtige? Waren es die richtigen Zahlen? Bis jetzt hatte er es einfach angenommen. Und wenn ja – konnte er überhaupt an das Geld kommen, ohne erwischt zu werden? Tom legte die Mappe neben sich auf den Beifahrersitz, dann wischte er sich mit dem Ärmel den Schweiss von der Stirn. Er würde sich später um das Geld kümmern. Jetzt musste er erst einmal darüber nachdenken, welche Geschichte er Carlo auftischen wollte. Warum alles so lange gedauert hatte. Glaubhaft musste es sein. Bald würde er ihn in Bruchsal wieder treffen. Ihn – und wohl auch Alois und Franz, die beiden Österreicher, mit denen sie sich dort verabredet hatten.

Im Moment hatte er gerade null Bock, überhaupt jemanden zu treffen. Nicht Carlo – und schon gar nicht die Österreicher. Und Wietzendorf konnte ihm jetzt auch gestohlen bleiben. Obschon er sich seit Monaten wie ein kleines Kind auf das alljährliche VW-Bustreffen nördlich von Hannover gefreut hatte. Seit Jahren besuchte er jeweils im Herbst mit Carlo diesen Event. Ein unumstösslicher Fixtermin in seiner Agenda. Erst recht heuer, am zwanzigjährigen Jubiläum! Vier gemütliche und lustige Tage. Gleichgesinnte aus ganz Europa mit Hunderten von schönen, witzigen oder skurrilen Bussen. Benzingespräche. Festzelt, Grillfeuer, Bier. Immer wieder schön! Aber eben – am liebsten wäre er auf der Stelle umgekehrt. Nach Hause. Um sich einfach zu vergraben.

Er widerstand dem Drang. Was auch immer war – und kommen würde –, am besten war es sicher, alles so durchzuziehen, wie es geplant war. Nicht auffallen. Niemand würde argwöhnisch, niemand würde Fragen stellen. Und nicht zu unterschätzen: Im worst case, falls die Polizei ihm aus irgendeinem Grund doch auf die Schliche kommen sollte … von Wietzendorf waren es nur zweieinhalb Stunden nach Dänemark. Oder nach Holland. Fünf Stunden nach Polen. Wobei – wer wollte schon nach Polen!

Bis nach Bruchsal, nördlich von Karlsruhe, waren es noch gute zwei Stunden. Wenn er normal vorwärtskam. Mit den Österreichern hatten sie sich gegen ein Uhr morgens verabredet. Traditionsgemäss wollte man dort gemeinsam essen, Fleischkäse und Bratkartoffeln, bevor es dann im Konvoi nach Wietzendorf ging. Weitere sechs bis sieben Stunden Fahrt.

Er stellte das Radio an. SRF 3. In wenigen Minuten würden Nachrichten gesendet. Tom ging nicht davon aus, dass die schon etwas über die Sache bringen würden, aber man wusste ja nie. Im Moment lief noch irgendein dümmlicher, nervtötender Rap-Song – wenn man das monotone, von hämmernden Basstönen untermalte Gebrabbel überhaupt als Song bezeichnen wollte.

36

Das Display seines Handys leuchtete auf. Wieder Carlos Gesicht. Toms Blick blieb kurz daran hängen, aber er ignorierte den Anruf.

«Ich werde ihm sagen, es sei auf lautlos gestellt gewesen», nahm er sich vor. «Das Telefon sei runtergefallen und hinten unter die Schlafbank gerutscht … dann ein leerer Akku … und das Ladekabel habe ich zu Hause vergessen.» Er zog eben dieses Ladekabel vom Zigarettenanzünder im Armaturenbrett und legte es sich zwischen den Beinen auf den Sitz. «Darf nicht vergessen, das Ding zu verstecken und offiziell ein neues zu besorgen.» Dann fragte er sich, wie er Carlo gegenüber seine Verspätung rechtfertigen wollte. Vielleicht mit einer Panne? Einem Radwechsel? Als er von einem PW mit französischem Kennzeichen überholt wurde, kam ihm der rettende Gedanke. Das Fahrzeug hatte hinten rechts kein Licht. Natürlich! Das war's! Ein defektes Rücklicht! Ersatzbirne suchen … ausbauen … Schraube verlieren … Schraube suchen … einbauen … So konnte er Carlo seinen Zeitverlust erklären.

Das Signet der Nachrichten ertönte. Er stellte das Radio lauter. *Der Nationalrat stimmt dem Vorschlag für zwei Wochen bezahlten Vaterschaftsurlaub zu … Notfallszenario der britischen Regierung für einen vertragslosen Brexit … Polen kann für 6,5 Milliarden US-Dollars 32 amerikanische Kampfjets vom Typ F 35 kaufen … Startschuss für Eröffnung des Wahlkampfes für Parlamentswahlen in Kanada … Schweizer Eishockey-Cup ohne überraschende Resultate … Swiss Market Index leicht im Plus … Euro 1,0933 … Das Wetter: Morgen häufig sonnig, teils bewölkt … 23 bis 26 Grad …*

Donnerstag, 12. September 2019

Kurz vor ein Uhr morgens traf Tom bei der Raststätte Bruchsal Ost ein. Er fuhr direkt die Tankstelle an und hielt neben einer der freien Zapfsäulen.

Sobald er den Zapfhahn eingeführt hatte, begann er sich weiter umzusehen. Carlos zweifarbiger, bordeauxrot und weiss lackierter Bus war von hier aus nirgends zu sehen. Und Carlo selber auch nicht. Tom öffnete die Fahrertür und klaubte das Ladekabel vom Sitz. Er knüllte es zusammen und begab sich zum nächstgelegenen Abfalleimer. Nach einem verstohlenen Rundumblick liess er das Kabel darin verschwinden. Dann konsultierte er die Anzeige an der Zapfsäule. Knapp die Hälfte des Tankes war bereits gefüllt. Er öffnete die Schiebetür, stieg ein und zog sie wieder zu. Er setzte sich hin und machte sich an seiner Gürtelschnalle zu schaffen. Eine grauschwarze Metallschnalle, etwas grösser als eine Kreditkarte, verziert mit einem furchterregenden Schlangenkopfrelief. Er liebte Schlangen! Die Schnalle war ein Weihnachtsgeschenk seiner Ex – das Einzige, das er von ihr behalten hatte. Das Ding hatte ein Geheimfach. Er öffnete es mittels Knopfdruck. Es enthielt eine VISA-Karte und drei 100-Euro-Scheine. Er nahm die Klarsichtmappe vom Beifahrersitz, fischte die Spielquittung heraus und betrachtete sie andächtig. Aber nicht lange. Dann faltete er sie sorgfältig zusammen, legte sie zu den Euroscheinen und der Kreditkarte und schloss das Geheimfach.

Der Tank war mittlerweile gefüllt. Tom begab sich zur Kasse. Man führe keine Ladekabel für Handys, sagte ihm der Mann hinter dem Tresen, während er auf dem Display der Kasse herumtippte. Tom quittierte die Aussage mit einem Schulterzucken und ging zurück zum Bus.

Minuten später hatte er Carlos Bus in der Nähe des Restaurants entdeckt und wenige Felder weiter selber einen Parkplatz gefunden.

Carlo sass allein an einem Vierertisch, ganz hinten an der Fensterfront, in welcher sich das Innere des Restaurants spiegelte. Auf dem Tisch stand eine Cola und eine offene Büchse *Pringles Chips. Salt & Vinegar.* Er war in ein Magazin vertieft und sah Tom nicht kommen. Carlo bemerkte ihn erst, als er geräuschvoll einen der leeren Stühle zurückzog.

«Hombre!», brummte Tom und liess sich schwer auf den Stuhl fallen.

«Ach … schau her! Der Kamerad Tom ist auch schon da.» Carlo klappte das Magazin zu und schob es beiseite. Dann schaute er auf die Uhr. «Und? Hast du es gefunden?»

«Ja, zum Glück. Das Scheissding war hinter den Kühlschrank gerutscht.»

«Ich habe mehrmals versucht, dich anzurufen.»

«Der Akku ist leer … und ich habe kein Ladekabel … zu Hause vergessen».

Carlo legte die Stirn in Falten und nickte nachdenklich. «Hmmm … demnach ziemlich dumm gelaufen.»

«Ziemlich, ja.» Tom reckte den Hals und sah sich um. «Hast du etwas von den Österreichern gehört?»

«Ja. Die sollten jeden Moment eintreffen.»

«Gut! Sehr gut.»

«Hunger?»

«Geht so.» Tom hielt sich die Hand vor den Mund und gähnte verhalten. «Aber müde. Bin froh, wenn wir bald weiterfahren können.»

«Sonst kannst du es jeweils kaum erwarten, dich über das Futter hier herzumachen. Ich jedenfalls freue mich jetzt auf eine Riesenportion Leberkäs.» Carlo lachte und machte eine kreisende Handbewegung über seinen Ranzen.

«Jaja.» Tom zwang sich zu einem Lächeln. «Ich schon auch.»

«Gut. Dann muss ich mir ja keine Sorgen machen.» Carlo hieb mit den Handflächen auf den Tisch. «Und jetzt gehe ich schiffen.» Er stand auf und steckte das Hemd in die Hose. «Ich habe übrigens auch umgedreht. Oben am Belchen.»

Tom sah verwundert zu ihm hoch. «Wie … umgedreht?»

«Eben. Oben am Belchen. Ich bin auch zurückgefahren. Wollte dir beim Suchen helfen.»

«Ach.»

«Nichts zu danken.» Carlo zwinkerte ihm zu und griff sich in den Schritt. «Dringend!» Dann machte er sich davon.

«Das darf doch nicht wahr sein», dachte Tom, während er zusammengesunken dasass und Carlo entgeistert nachstarrte.

«Sei gegrüsst, wackerer Eidgenosse.» Tom zuckte unter der Pranke zusammen, die unsanft auf seiner Schulter landete. Lachend und lärmend setzten sich die beiden Österreicher zu ihm an den Tisch.

14

Gegen halb zehn Uhr morgens trafen sie im Konvoi in Wietzendorf ein. Einem 4000-Seelendorf in der Lüneburger Heide, im Norden Deutschlands. Mitten im Dreieck zwischen Hamburg, Hannover und Bremen. Der Campingplatz, den sie ansteuerten, hiess «Südsee-Camp». Tom hatte sich jedes Mal wieder über den Namen gewundert. Viel unpassender ging es nicht. Aber: Es hatte immerhin einen See. Und es war immerhin ein Fünf-Sterne-Platz. Auch wenn man sich während des Treffens zu zweit oder zu dritt einen Stellplatz teilen musste – und trotzdem für zwei oder eben drei zu bezahlen hatte.

Er fuhr zuhinterst, hinter Carlo und den Österreichern. Der Andrang zum Camp war bereits enorm, der Verkehr auf der Zufahrtsstrasse stockte. Das Ganze dauerte … und dauerte … und dauerte … In früheren Jahren hatte es ihm jeweils nichts ausgemacht, weil die Vorfreude auf das Treffen alles wettgemacht hatte. Dieses Jahr war es anders. Schliesslich war das erste Mal, dass er als Mörder hier auftauchte. Als frisch gebackener Raubmörder! Raubdoppelmörder! Er hoffte, dass es wenigstens dem Kleinen gut ging. Dass ihn jemand gefunden und versorgt hatte. Er selber hatte ja bisher keine Gelegenheit gehabt, jemanden zu alarmieren. In den Nachrichten hatten sie auch noch nichts gebracht. Und Zugriff auf das Internet hatte er auch keinen, da der Akku seines Handys mittlerweile tatsächlich leer war. Aber: So wie es aussah, war er jetzt reich! Ein reicher Doppelraubmörder. Zumindest war er nah dran, reich zu sein. Irgendwie musste der Gewinn ja noch eingelöst werden. Und er hatte noch keine Ahnung, wie er das gefahrlos anstellen konnte. Und eben – da war noch Carlo! Dessen Aussage hatte ihn zutiefst beunruhigt. Was genau hatte er gemacht? Wo war er gewesen? Hatte er ihn gesehen? Etwas gehört, über das Babyphone? Tom hatte ihn in Anwesenheit der Österreicher nicht darauf ansprechen wollen. Auch nicht später, über das Walkie-Talkie … zu unsicher. Deshalb hatte er während der knapp sechs Stunden dauernden Fahrt von Bruchsal hierher unentwegt versucht, seine Ungewissheit gedanklich mit plausiblen, für ihn günstigen Szenarien zu ersetzen. Und weniger günstige Szenarien zu verdrängen.

Jetzt war er müde. Müde, aber auch immer noch aufgekratzt. Es war eine Mischung von beidem. Er war froh, dass sie endlich ihr Ziel erreicht und sich auf dem für drei Fahrzeuge viel zu knappen Stellplatz, in der Nähe des Naturbadesees mit dem weissen Sandstrand, zusammengepfercht hatten. Zwei Fahrzeuge längs nebeneinander, das dritte, jenes von Tom, quer vor den beiden anderen, mit einem Abstand von maximal zwei Metern. Diese zwei Meter mal die Länge von Toms Bus bildeten den Aussenplatz, der ihnen auf dem Stellplatz zur Verfügung stand. Der Openair-Aufenthaltsraum für vier Personen. Mit Tisch, Campingstühlen und Grill. Eng! Sehr eng! Kein Problem, solange es lustig zuging – andernfalls …

Bevor er den anderen half, den Aussenplatz herzurichten, musste Tom unbedingt ins Internet! Musste Nachrichten hören! Alois, der ältere der beiden Österreicher, ein hagerer, mittelgrosser Mann mit dichtem grauem Haarschopf und einem ebenso grauen Walross-Schnauz, hatte das gleiche Handy wie er und borgte ihm sein Ladekabel.

«Ich habe tierische Kopfschmerzen», log Tom. «Ich werfe etwas ein und lege mich eine halbe Stunde hin.»

«Fängt ja gut an!», lästerte Carlo. «Kopfweh, schon vor dem ersten Bier!» Alle lachten – ausser Tom. Er verzog sich wortlos in seinen Bus, schloss die Schiebetür und zog sämtliche Rollos herunter. Dann hängte er das Handy ans Ladekabel, legte sich hin und wartete. Minuten später konnte er es wieder aufstarten. Er tippte 1-5-2-4 zum Entsperren der SIM-Karte. Dann 4-2-5-1 für den Startbildschirm. Das Icon für die *Blick*-App war oben rechts platziert. Tom richtete sich auf und atmete einmal tief durch. Dann noch einmal. Dann tippte er auf das Icon und schloss die Augen. Zwei weitere Atemzüge später öffnete er das linke Auge. *Brexit … Kampfjets …* Er öffnete auch das andere Auge, scrollte nach unten – und plötzlich schien in seiner Brust etwas zu zerspringen. Er glaubte augenblicklich ohnmächtig zu werden.

Mysteriöser Doppelmord am Südportal des Belchentunnels
Grausiger Fund in Hägendorf: Am frühen Morgen entdeckt
Maria F.* (63) die Leichen ihres Sohnes Roman* (37) und
ihrer Schwiegertochter Simona* (32) in deren Haus nahe
beim Südportal des Belchentunnels.

Obschon Tom mehr als genau wusste, was in diesem Haus passiert war, erschrak er, als wäre die Nachricht brandneu für ihn. Die Namen waren schuld! Bisher waren es für ihn unbekannte Menschen gewesen. Mit den Namen wurde es persönlicher. Auch wenn diese von der Redaktion geändert worden waren, wie die Sternchen dahinter signalisierten. *Simona* und *Roman* … «Simona» passte, wie er fand. «Roman» hingegen überhaupt nicht. Das war kein «Roman» gewesen. Ein «Rolf», vielleicht ein «Robert», aber sicher kein «Roman».

Dann scrollte er durch die Bildstrecke. Sie zeigte mehrere Fotos vom Haus, alle mit Polizeientourage. Autos, Absperrungen, uniformierte Polizisten, zwei Personen in weissen Ganzkörperschutzanzügen. Ein Bild zeigte die verpixelten Gesichtern des Ehepaares F. Man sah, dass «Roman» seinen Arm um «Simona» legte. Beide braun gebrannt. Nackte Schultern. Meer oder grosser See im Hintergrund. Und sie lachten.

Warum mussten sie sterben?
Fakt ist: Das Ehepaar F. wurde in der Nacht auf heute Donnerstag Opfer eines Gewaltverbrechens. Über den Tathergang, die Tatzeit und allfällige Tatmotive werden zurzeit noch keine weiteren Angaben gemacht. Die Spurensicherung sei noch im Gang, so der Kommentar des Medienbeauftragten der Kripo vor Ort. Für weitere Informationen wird auf die Pressekonferenz am frühen Nachmittag verwiesen.

Das Drama, bei dem zwei Menschen ihr Leben lassen mussten, ereignete sich auf dem Gebiet der Solothurner Gemeinde Hägendorf, an der A2, wenige hundert Meter südlich des Südportals des Belchentunnels. In einem schmucken Einfamilienhaus, in idyllisch-ländlicher Umgebung. Maria F. machte den traurigen Fund, als sie wie jeden Donnerstag den Hütedienst für ihren halbjährigen Enkel antreten wollte. Den Enkel fand sie offenbar unversehrt in seinem Bettchen.

Nachbarschaftsstreit? Beziehungsdelikt?
Laut Nachbarn sei das Ehepaar F. seit längerer Zeit in einen Nachbarschaftsstreit verwickelt gewesen, bei dem es um baurechtliche Fragen gegangen sei. Auch mit der Gemeindeverwaltung sei das Ehepaar im Clinch gewesen wegen der neuen Bauzonenplanung. Roman F. habe sich gegenüber den Nachbarn und der Gemeindeverwaltung öfters ziemlich resolut gezeigt und habe seinen Standpunkt stets mit Vehemenz vertreten. «Ein schwieriger Mann» sei Roman F. gewesen, so die Aussage einer alteingesessenen Hägendorferin, die anonym bleiben möchte. Ein anderer Einwohner des Dorfes erzählt: «Vor Monaten ist im Dorf das Gerücht kursiert, dass es mit der Ehe der beiden nicht zum Besten stehe.» Simona F. sei wiederholt in Begleitung eines unbekannten Mannes gesehen worden.

«Typisch», dachte Tom. «Wilde Spekulationen! Da sieht man mal wieder, was für einen Stuss die schreiben. Von wegen Nachbarschaftsstreit! Oder Beziehungsdelikt! Mir soll's recht sein.» Er scrollte weiter nach unten.

Ergebnisse der Ermittlung abwarten
Maria F. hat noch nicht die Kraft, mit BLICK zu sprechen. Wieso ihre Liebsten sterben mussten, weiss auch sie noch

44

nicht. Man wolle jetzt die Ermittlungsergebnisse abwarten, teilt der Lebenspartner von Maria F. mit. Und man müsse sich um das Baby kümmern.

Tom blickte noch ein Weilchen aufs Display, ohne dass er wirklich hinschaute. In Gedanken liess er noch einmal die Ereignisse Revue passieren und er dachte darüber nach, ob er nicht doch Spuren hinterlassen hatte, die direkt zu ihm führen konnten. Ihm kam nichts in den Sinn. Aber er musste unbedingt mit Carlo sprechen. *Ich habe auch umgedreht …* Was genau hatte Carlo gestern Abend gemacht?

16

Dumpfes Klopfen holte Tom aus einem unruhigen Schlaf. Noch bevor es ihm gelang, die Augen zu öffnen, realisierte er, dass er nassgeschwitzt war. Und er hatte Kopfschmerzen. Echte Kopfschmerzen diesmal, keine vorgeschobenen! An den Rändern der Rollos drängte gleissendes Tageslicht ins Innere des VW-Busses. Es war heiss. Und es roch nach Grill. Nach Grillfleisch. Wie lange hatte er geschlafen?

Jemand hämmerte gegen die Fahrertür.

«Tom, du Penner!» Es war Carlos Stimme. «Aufwachen! Mittagessen ist fertig!»

Tom setzte sich ächzend auf und rieb sich den Nacken. «Jaja … ist ja gut … ich komme.»

Er schob zögerlich eines der Rollos hoch, hielt aber auf halber Höhe inne, da die Helligkeit ihn blendete.

Halb eins. Zwei Stunden waren vergangen, seit er sich in den Bus zurückgezogen hatte. Einen Moment lang sass er noch unschlüssig da, dann öffnete er den Kühlschrank und entnahm ihm eine Flasche Wasser, die er in einem Zug halb leerte. Das half ein wenig gegen das bleierne Gefühl im

Kopf und gegen den üblen Geschmack im Mund. Rülpsend griff er nach dem Handy und öffnete die *Blick*-App. Die Schlagzeile war dieselbe wie vor zwei Stunden, aber sie war etwas weiter nach unten gerutscht. Er überflog den Artikel kurz und stellte fest, dass sich auch inhaltlich nichts geändert hatte. Zurück auf der Hauptseite scrollte er weiter nach unten. Und wieder stiess er auf einen Artikel, der ihn in Aufregung versetzte:

Swisslos-Jackpot geknackt
Gut 24 Millionen Franken räumte eine Lottospielerin oder ein Lottospieler am Mittwochabend ab.

«Holy shit», entfuhr es Tom. Es gab tatsächlich nur einen Gewinner!

Eine weitere Person tippte sechs Richtige und gewann 1 Million Franken. Die Gewinnzahlen lauten 11, 15, 21, 23, 24, 37, die Glückszahl ist die 1.
Zuletzt wurde der Jackpot im Juni 2019 geknackt. Da gewann ein Glückspilz 18,2 Millionen Franken. Weniger Glück hatten zwei Spieler im Januar 2019. Sie mussten sich den Gewinn teilen. Sie erhielten «nur» je 4,3 Millionen Franken.

«Toooom!» Carlo hämmert wieder an die Tür «Dein Steak ist nächstens eine schwarze Schuhsohle.»
   «Jaaa! Ich komme, habe ich gesagt.» Mit zitternden Händen klaubte er die Spielquittung aus dem Geheimfach seiner Gürtelschnalle und faltete sie sorgfältig auseinander. Dann hielt er sie in die Nähe des Fensters. 11, 15, 21, 23, 24, 37, Glückszahl 1. Er verglich die Zahlen mehrmals mit jenen auf seinem Handy. «Unglaublich», dachte er, «einfach unglaublich!» Hastig faltete er den Schein zusammen und liess

ihn wieder im Geheimfach verschwinden. Jetzt musste er den Gewinn nur noch einlösen. Irgendwie. Ohne erwischt zu werden. Und eben. Mit Carlo sprechen! Er zog seine Schuhe an. Dann fuhr er sich mit den Händen über den Kopf, rieb sich den Schlaf gänzlich aus den Augen und öffnete die Schiebetür des Busses.

17

Das Steak war durchaus noch essbar. Obwohl, Tom hätte es nichts ausgemacht, wenn es anders gewesen wäre. Er hatte keinen Hunger. Es war schwierig, sich mit Essen zu befassen, wenn man ein frischgebackener Doppelmörder und Multimillionär war. Carlo und die Österreicher waren bestens gelaunt, alberten herum und schmiedeten Pläne für den Nachmittag und den Abend. Normalerweise wäre Tom in dieser Runde selber eine treibende Kraft gewesen, aber eben … Im Moment drehten sich seine Gedanken nur darum, dass er mit Carlo sprechen musste. Hatte er die Nachrichten auch schon gelesen?

«Also dann», sagte Franz, während er den Campingtisch abräumte, indem er kurzerhand alles, was darauf stand oder lag, mit ein paar Wischbewegungen in ein Plastikbecken beförderte. «In einer Viertelstunde können wir losziehen.»

Mit «losziehen» meinte er, dass man sich auf dem Areal des Südsee-Camps umsehen wollte. Busse anschauen und bewundern. Alte Bekannte treffen. Fachsimpeln. Hier ein Bier, da ein Bier … Es würde lange dauern. Sicher den ganzen Nachmittag, wahrscheinlich bis in den Abend hinein. Bis man sich zum Festplatz begeben würde, wo dann so richtig die Post abginge. Tom hatte Mühe, für das Vorhaben Begeisterung zu zeigen. Ein knappes «cool» und ein nach oben gerichteter Daumen waren alles, was er zustande brachte. Franz und Alois zogen sich in ihren Bus zurück, Carlo blieb bei Tom sitzen.

«Was ist los mit dir, Alter?», fragte Carlo leise.

«Wieso? Was soll los sein?»

Carlo beugte sich über den Tisch. «Seit gestern Abend, seit du wegen deinem Scheisshandy zurückgefahren bist, bist du ein mühsamer Arsch. Sagst nichts, machst eine grimmige Fresse. Also … sag mir nicht, es sei nichts.»

Tom hielt Carlos forschendem Blick stand, ohne zu antworten. Dann machte er eine abwiegelnde Geste. «Ich war müde. Und hatte Kopfschmerzen. Die habe ich immer noch. Sonst ist nichts.»

Carlo lehnte sich langsam zurück und schüttelte kaum merklich den Kopf.

«Wirklich», bekräftigte Tom.

Carlo verwarf die Hände. «Wie du meinst.»

Einen Moment lang schwiegen sie sich an. Die Österreicher waren immer noch in ihrem Bus. Tom warf einen Blick auf seine Uhr.

«Du hast in Bruchsal gesagt, du seist am Belchen auch umgekehrt?» Tom versuchte beiläufig zu klingen. Als ob es jetzt um ein gänzlich anderes Thema ginge.

«Ja. Habe ich gesagt.» Carlo stand auf, in der Absicht, den Tisch zu verlassen.

«Warte!» Tom deutete auf Carlos Stuhl. «Setz dich noch einen Moment hin.»

Carlo liess sich widerstrebend auf den Stuhl fallen und sah Tom fragend an.

«Warst du auf dem Rastplatz Eggberg?»

«Ja.»

«Wann etwa?»

«Weiss ich doch nicht», grummelte Carlo. «Auf jeden Fall warst du nicht dort. Und auch nicht erreichbar. Weder mit dem Handy noch mit dem Walkie-Talkie.»

48

«Ja … Ich weiss … tut mir leid … und danke! Dass du dich bemüht hast, meine ich.»

«Kein Thema.» Carlo machte wieder Anstalten aufzustehen.

«Jetzt wart doch.» Tom nickte in Richtung Österreicher-Bus. «Die sind auch noch nicht parat.»

«Ich will das T-Shirt wechseln. Und kurze Hosen anziehen.»

«Gleich … gleich …» Tom bedeutete Carlo, sitzen zu bleiben. «Nein … wie gesagt … war flott von dir. Ich bin beim Zurückfahren halt schon beim Rastplatz Teufengraben rausgefahren. Habe dort schon mal den Bus nach dem Handy abgesucht, aber nichts gefunden. Das Walkie-Talkie hatte ich ausgeschaltet. Konnte ja nicht wissen, dass du mich suchst.»

«Wie gesagt: kein Thema!»

«Wahrscheinlich hast du mich dann überholt und ich war noch gar nicht am Eggberg, als du dort eingetroffen bist.»

«Wird wohl so sein.» Carlo spielte an dem kleinen, silbernen Fisch herum, der in seinem linken Ohrläppchen steckte.

«Dort habe ich das Handy dann gefunden. Es war unter den Kühlschrank gerutscht – und natürlich war der Akku leer. Murphy's Law …»

«Na ja, Hauptsache, du hast es wieder. Ist immer mühsam, wenn man ein neues kaufen muss. Bis man den ganzen Mist wieder installiert hat und wieder alles funktioniert. Ich hasse das.»

Tom versuchte ein Lachen. «Wem sagst du das!»

«Hat dann aber doch noch ziemlich gedauert, bis du in Bruchsal aufgetaucht bist! Dachte schon, die Weisse Frau habe dich erwischt.» Jetzt war es Carlo, der lachte. Ihm gelang es besser.

«Ich weiss. Aber ich musste noch ein Rücklicht wechseln. Murphy's Law zum Zweiten. War ziemlich ein Geknorze.»

«Ja, ist manchmal mühsam.» Carlo stand auf. «Ich ziehe mich jetzt rasch um.»

«Okay … Ich komme, wie ich bin.»

«Auch gut.» Carlo schritt zu seinem Bus.

«Hast du am Belchen noch einmal etwas Interessantes mitbekommen? Übers Walkie-Talkie, meine ich?»

«Eigentlich nicht. Nur wenig zusammenhangloses Zeugs», antwortete Carlo über die Schulter zurück. «Wahrscheinlich wieder von diesem Babyphone.» Dann verschwand er im Bus.

18

Tom sass wie festgefroren auf seinem Stuhl. Das war definitiv nicht das, was er hatte hören wollen. Was genau hatte Carlo aufgeschnappt? So «zusammenhanglos»? Konnte er sich aus dem Gehörten einen Reim auf die Ereignisse machen, sobald er die Nachrichten lesen würde? Würde er Verdacht schöpfen?

Zwei Minuten später öffnete Carlo ein Fenster seines Busses und streckte den Kopf hinaus. «Aber weisst du, was schräg war gestern Abend?» Er verschwand wieder im Innern des Busses.

«Nein. Was denn?» rief Tom.

«Stell dir folgende Situation vor», klang es dumpf aus dem Inneren des Busses. «Finstere Nacht, ich erfolglos auf der Suche nach dir, beziehungsweise nach deinem Gefährt, kurz vor dem Belchen – genau in diesem Moment ertönt ein Knacken aus dem Walkie-Talkie, gefolgt von Satzfetzen einer Frau, die einen VW-Bus erwähnt.» Carlos lachte schallend. Dann erschien sein Kopf wieder im Fenster. «Ist das nicht abgefahren?», fragte er mit einem breiten Grinsen. «Ich dachte wirklich, die Weisse Alte habe es auf mich abgesehen.» Er verschwand wieder und schloss das Fenster. Sekunden später stieg er aus dem Bus mit einem gelb-schwarzen Fischerhut, einem gelb-schwarzen T-Shirt der Young Boys, mit hellblauen Bermuda-Shorts und blau-weissen Adiletten. In der Hand eine Sonnenbrille. Er trat zu Tom an den Tisch. «Du solltest noch einmal etwas gegen deine Kopfschmerzen nehmen. Siehst nämlich ziemlich käsig aus, mein Lieber.»

«Kunststück, wenn ich sehen muss, wie du angezogen bist», versuchte Tom witzig zu sein. Aber Carlo fand ihn ganz und gar nicht witzig, was er ihm mit einer eindeutigen Geste zu verstehen gab. Und er selber hatte auch nicht das Gefühl, dass der Versuch besonders gut gelungen sei. Im Gegenteil.

«Und sonst?», fragte Tom schliesslich. «Was hat diese … diese Frauenstimme sonst noch gesagt? Zu diesem VW-Bus … oder so …?»

«Nichts Besonderes, wie gesagt. Ein paar zusammen-hanglose Wort- und Satzfetzen halt. Mir ist nur das mit dem VW-Bus geblieben.»

In Toms Brust machte sich zaghaft ein Gefühl der Erleichterung breit. «Okay», sagte er bestimmt und schlug sich auf die Schenkel. Er stand auf und zog den Hosenbund hoch. «Dann wollen wir mal das Camp unsicher machen!»

Freitag, 13. September 2019

19

Die Nacht war lang gewesen. Lang, laut und bierselig! Das rammelvolle Festgelände war bis gegen Mitternacht unter fetziger Rockmusik erzittert, so dass man bisweilen hatte befürchten müssen, die Steaks würden von den Tellern hüpfen. Oder – noch schlimmer – das Bier würde überschwappen. Unterhaltungen waren kaum möglich gewesen. Wenn überhaupt, nur schreiend. Oder während der kurzen Pausen, die sich die angegrauten, schütterhaarigen Musiker und ihre dralle, in viel zu enges Leder gepackte Leadsängerin zwischendurch gegönnt hatten.

Den Nachmittag hatte Tom noch mit angezogener emotionaler Handbremse verbracht. Ständig waren in seinem Kopf Bilder und Gedanken aufgepoppt, die ihn bedrückt, beunruhigt oder verunsichert hatten. Zwischendurch hatte sich allerdings auch immer wieder die Vorstellung in sein Bewusstsein gedrängt, dass er nahe dran war, ein sehr, sehr reicher Mann zu werden. Immer wieder hatte er sich an den Gürtel gegriffen, so wie wenn man sich kneift, um sicher zu sein, dass man nicht träumt.

Am frühen Abend, bevor sie sich zum Festgelände begeben hatten, waren sie noch einmal zu ihren Bussen zurückgekehrt, um sich frisch zu machen und nachttauglich anzuziehen. Tom hatte noch einmal – zum wiederholten Mal an diesem Tag – die *Blick*-App konsultiert und festgestellt, dass keine neueren Informationen aufgeschaltet waren. Weder zu der Sache in Hägendorf noch zum Lottogewinn. Und eben, im Laufe des Abends war es Tom immer besser gegangen und er hatte es genossen, mit Carlo und den Österreichern den Abend und die Nacht zu verbringen. Auch nachdem die

Band ihr Konzert gegen Mitternacht beendet hatte, waren sie sitzen geblieben. Immerhin galt es, das 20-jährige Jubiläum des Treffens angemessen zu feiern. Erst kurz vor fünf war er in seinem Bus bleischwer und ohne sich auszuziehen aufs Bett gesunken. Nach einigen Runden auf einem imaginären Karussell war er noch einmal aufgestanden, um sich hinter der Wagenburg in die Büsche zu übergeben. Beim zweiten Liegeversuch hatte es dann besser geklappt und er war binnen Sekunden eingeschlafen.

Kurz vor elf Uhr erwachte Tom mit einer satt angezogenen Schraubzwinge am Kopf. So fühlte es sich jedenfalls an. Mit zusammengekniffenen Augen tastete er nach der Wasserflasche neben seinem Bett und nahm ein paar kräftige Schlucke. Dann robbte er auf seinem Lager in die Ecke, wo er sein kleines Necessaire mit den Medikamenten vermutete. Er fand es zwischen der Matratze und der Wand des Wagens. Ein kleines, schwarzes Lederding mit Reissverschluss. Er nestelte einen Blister mit Brufen-Tabletten hervor, drückte eine Tablette heraus, legte sie auf die Zunge und spülte sie mit reichlich Wasser runter. In einer halben Stunde würde er die Schraubzwinge los sein.

Das Handy fand er in seiner Gesässtasche und wenige Sekunden später hatte er die *Blick*-App geöffnet. Das Motiv für das Verbrechen sei weiterhin unklar, hiess es in der aktuellen Meldung. Man würde in verschiedene Richtungen ermitteln und zwei Personen seien zur Befragung in polizeilichem Gewahrsam. Weitere Angaben würden die Behörden aus ermittlungstechnischen Gründen nicht machen. Dann folgten wieder die Spekulationen der Journalistin über ein mögliches Beziehungsdelikt oder einen zum Gewaltverbrechen eskalierten Nachbarschaftsstreit. Das Baby sei vorläufig in der Obhut seiner Grosseltern und werde von diesen liebevoll umsorgt.

Keine Nachricht zum geknackten Jackpot.

Eine Viertelstunde später sass Tom mit einer dampfenden Tasse Kaffee draussen am Klapptisch. Er hatte die schattige Seite gewählt. Die für September noch immer erstaunlich kräftige Sonne war vorerst nichts für ihn. Trotz Sonnenbrille und Baseballmütze.

Im Camp herrschte schon wieder reger Betrieb und der Lärmpegel war bereits um diese Zeit beachtlich. Tom überlegte, ob er die Ohrstöpsel aus dem Wagen holen sollte.

Von Carlo und den Österreichern war noch nichts zu sehen. Immerhin, Carlos Bus schwankte zwischendurch leicht und aus seinem Inneren war leise Musik zu hören. «Zumindest lebt er noch», dachte Tom und schlürfte einen Schluck aus der Tasse. Dann legte er den Kopf zurück und die linke Hand an seinen Gürtel. Die Schraubzwinge lockerte sich langsam.

Minuten später ging das Fenster von Carlos Bus auf und die aufgedunsene Variante seines Gesichts kam zu Vorschein.

«Morgen», krächzte er. Die lange Nacht hatte seinen von der Raucherei sowieso schon angeschlagenen Stimmbändern offensichtlich nicht gutgetan. Nur seiner kurzen, dichten Bürstenfrisur schien nichts etwas anhaben zu können.

«Morgen.»

«Gibt's Kaffee?»

Tom zeigte wortlos auf den Tisch, wo die Kanne stand.

«Okay … komme.»

Einen Moment lang rumorte es noch in Carlos Bus und zweimal hörte Tom ihn fluchen und etwas von einer «Scheisssonnenbrille» sagen. Dann erschien er – mit eben dieser «Scheisssonnenbrille» im Gesicht und der albernen YB-Fischermütze auf dem Kopf. Er trug ein viel zu grosses, schwarzes T-Shirt mit dem Logo des Country Festivals in Gstaad, welches über eine uralte, knallrote Turnhose hing und diese Gott sei Dank weitgehend verdeckte. Aber leider nicht die Adiletten, die Tom so schrecklich fand. In der rechten Hand hielt Carlo eine grosse, weisse Tasse mit dem Abbild seines Busses. In der linken sein Handy.

«Schick!», grunzte Tom mit einem musternden Blick.

«Leck mich», antwortete Carlo und deponierte die Tasse und das Handy auf dem Tisch. Er schenkte sich Kaffee ein, bis die Tasse überschwappte, und liess sich schwer auf einen der Stühle fallen. Eine *Aqua Velva*-Wolke wehte Tom entgegen und verdrängte einen Augenblick den wunderbaren Kaffeegeruch aus seiner Nase. «Mann, habe ich eine Birne!»

«Me too.»

«Nichts als gerecht», bemerkte Carlo, griff nach der Tasse und nippte daran. «Und unsere Österreicher? Noch nicht aufgetaucht?»

Tom schüttelte den Kopf. «Jedenfalls nicht, solange ich hier sitze.»

«Vielleicht sind sie ja schon wieder unterwegs?»

«Möglich … keine Ahnung.»

Dann sassen sie schweigend da, bewegten sich höchstens ab und zu, um einen Schluck zu trinken.

Plötzlich hörten sie die Stimmen der Österreicher. Sie kamen aus der Richtung, wo die Gemeinschaftseinrichtungen, das Restaurant und auch die Waschräume waren. Tom lehnte sich, so weit er konnte, zurück und spähte um seinen Bus herum. Er sah die beiden heranschlendern, jeder von zwei Einkaufstaschen flankiert. Plötzlich, nur noch wenige Meter von ihnen entfernt, fing Franz an, schallend zu lachen, und blieb stehen.

Zwei Schritte später hielt auch Alois inne. «Was ist so lustig?», wollte er wissen.

«Jetzt schau dir das an!» Franz zeigte mit dem Kinn auf das Heck von Toms Bus. Alois drehte seinen Kopf in die angezeigte Richtung und Sekunden später prustete auch er los. Beide standen sie da und schüttelten sich und ihre Taschen vor Lachen.

«Mann, Mann, Mann», brachte Alois nach einer Weile hervor, stellte die eine Tasche ab und wischte sich die Tränen aus dem Gesicht. «Da legt's di nieder … der ist echt gut!»

Tom hatte keine Ahnung, was die beiden derart erheiterte, aber ihr Lachen war ansteckend und er brachte zumindest auch ein Schmunzeln zustande.

«Was ist denn mit denen los?», fragte Carlo, der sie von seinem Platz aus nicht sehen konnte. Er schob seine Sonnenbrille auf die Stirn. «Sind die noch immer besoffen, oder was?»

«Keine Ahnung», antwortete Tom.

Alois griff nach der abgestellten Tasche und die beiden setzten sich wieder in Bewegung. Augenblicke später erreichten sie – immer noch lachend – ihren Tisch. Tom und Carlo bedachten sie mit fragenden Blicken.

«Hast du den schon lange?», fragte Franz, anstatt zu antworten, und sah Tom dabei an.

Tom warf zunächst einen verwunderten Blick zu Carlo, dann sah er wieder Franz an und zuckte mit den Schultern. «Keine Ahnung, was du meinst.»

«Na, den Aufkleber. Hinten an deinem Bus!»

«Er hat ja mehrere», bemerkte Carlo.

«*Ich bremse auch für fickende Frösche*», präzisierte Alois und prustete wieder los. Franz zog sofort mit. Mit einiger Verzögerung begann auch Tom zu lachen, während die Österreicher sich zu ihnen setzten.

«Wo hast du das Ding her?», hakte Alois nach, als sie sich langsam wieder einkriegten.

«Vor einigen Wochen im Internet gefunden.»

«Ich bremse auch für fickende Frösche», wiederholte Franz und lachte wieder los. «Ich habe schon Tausende Kleber gesehen … aber den noch nie.»

«Ich auch nicht», sagte Alois. Ebenfalls lachend.

«Ich auch nicht», sagte Carlo. Ohne zu lachen.

Carlo war Toms neuer Aufkleber bisher nicht aufgefallen. Er hatte den Bus ja seit Monaten nicht mehr gesehen, bis vorgestern Abend, als sie in Bern losgefahren waren. Und Tom war immer hinter ihm gefahren.

Der Spruch war witzig. Deshalb hätte er vorhin, als Alois ihn das erste Mal zitierte, auch beinahe losgelacht. Aber er war auch extrem selten. *Fickende Frösche.* Carlo hatte den Ausdruck erst einmal gehört: Vorgestern Abend, als er Tom hinterhergefahren war – und ihn nicht gefunden hatte. Kurz vor dem Belchentunnel. Aus dem Walkie-Talkie, mutmasslich übertragen über ein Babyphone. Ein Babyphone, das nicht sehr weit entfernt gewesen sein konnte, denn die Reichweite dieser Dinger war sicher bescheiden!

Carlo beobachtete Tom, der sich mit den Österreichern amüsierte und es offenbar genoss, mit dem Kleber Anklang zu finden und für Lacher zu sorgen. So wie man es geniesst, wenn man einen Witz erzählt, der gut ankommt.

VW-Bus, fickende Frösche – wie wahrscheinlich war es denn, dass mit diesen Satzfetzen aus dem Walkie-Talkie ein anderer als Toms Bus gemeint war?

War das Babyphone – oder was immer das für ein Funkgerät war – in einem Fahrzeug platziert gewesen, welches hinter Tom herfuhr? Oder in einem Fahrzeug auf dem Rastplatz?

«Na, Carlo, nicht so dein Humor?», fragte Alois und riss Carlo damit aus seinen Gedanken. «Oder einfach immer noch einen bierschweren Kopf?»

«Beides», log Carlo. Denn eigentlich war es exakt sein Humor – und der Brummschädel hatte sich in den letzten Minuten rasch verflüchtigt.

Um seinem Statement Nachdruck zu verleihen und noch ein paar Momente von Tom und den Österreichern unbehelligt zu bleiben, schob er die Sonnenbrille wieder vor die Augen, lehnte sich zurück, legte den Kopf in den Nacken und verschränkte die Arme vor der Brust. Dann versuchte er, sich an die restlichen Satzfesten zu erinnern, die er an diesem Abend gehört hatte.

Namen waren doch noch gefallen! Männliche Namen! *Roli*, *Rolfi* oder so ähnlich war einer davon gewesen. Der andere kam ihm nicht in den Sinn.

«Wir haben eingekauft für einen Brunch», hörte er Franz sagen. «Würstchen, Eier, Speck, Orangensaft, frische Brötchen! Alois wirft den Grill an. Esst ihr auch was mit? Ihr seid eingeladen!»

«Aber sicher», antwortete Tom, ohne zu zögern. Offensichtlich ging es auch ihm deutlich besser als noch vor einer halben Stunde.

Carlo realisierte auch, dass er langsam Hunger bekam, spielte aber die Rolle des Leidenden weiter, da er wenig Lust verspürte, sich an den Vorbereitungen zum Brunch zu beteiligen. «Vielleicht eine Kleinigkeit», sagte er mit vorgeschobener Zurückhaltung und ohne seine defensive Körperhaltung zu verändern.

Der zweite Namen kam ihm einfach nicht in den Sinn. Wahrscheinlich jener des schreienden Babys. Aber plötzlich wurde ihm klar, dass die Botschaft nicht aus einem Fahrzeug gekommen war. Weder aus einem fahrenden noch einem stehenden. «Unten auf dem Platz», hatte die Frauenstimme doch gesagt. Und: «Komme runter.» Das sagt man nicht, wenn man in einem Fahrzeug sitzt. Das kam aus einem Haus!

Irgendjemand hatte an diesem Abend aus einem Haus in der Nähe des Belchentunnels von Toms Bus gesprochen!

Der Brunch hatte sich bis in den frühen Nachmittag hingezogen. Kurz nach zwei Uhr hatten die Österreicher dann die Absicht geäussert, sich mit einer Gruppe Holländer bei deren Stellplatz zu treffen. Tom hatte abgewunken, er wolle sich noch ein wenig schonen und auf den Abend vorbereiten. Carlo hatte ins gleiche Horn geblasen. Nachdem sie den Spott der Österreicher über sich hatten ergehen lassen, hatten sie sich freiwillig für den Abwasch gemeldet, was eine neue Welle von Sticheleien seitens der Österreicher ausgelöst hatte, gespickt mit Titulierungen wie «Weicheier», «Warmduscher» oder «Dünnmänner».

Den Abwasch hatten sie schweigend erledigt, vorne, bei den Geschirrspülplätzen in einem der dreizehn Waschhäuser, die es auf dem Areal gab. Inmitten von anderen geschirrspülenden Weicheiern, Warmduschern und Dünnmännern. Tom hatte nicht geredet, weil er gerade nichts zu sagen hatte. Aber von Carlo hatte er den Eindruck, dass ihn irgendetwas beschäftigte. Und dass er eigentlich darüber sprechen wollte, sich aber zurückhielt, weil sie nicht allein waren. Auf dem Rückweg zum Stellplatz sprach er Carlo darauf an.

«Ist was?»

Carlo zögerte einen Moment und sah Tom stirnrunzelnd an. «Wieso hast du mich angelogen?»

«Hä?»

«Ja. Wieso hast du mich angelogen? Gestern, als du mir erzählt hast, was du bei deiner Rückkehr am Belchentunnel gemacht hast. Und warum ich dich nicht gefunden habe.»

Tom glaubte zu fühlen, wie das Blut in seinem Körper versackte. «Was soll der Quatsch?», entgegnete er und versuchte, dabei entrüstet und überzeugt zu klingen. «Ich habe dich nicht angelogen!»

Toms Blick war nach unten auf den Gehweg gerichtet, aber im Augenwinkel sah er, dass Carlo ihn von der Seite musterte.

«Ach ja? Und wie erklärst du mir dann den Umstand, dass genau zu der Zeit, als ich dich vergeblich auf der A2 gesucht habe, ein VW-Bus mit einem Fickende-Frösche-Kleber vor irgendeinem Haus in der Nähe des Belchentunnels gestanden hat?»

«Was?» Toms Überraschung war nicht gespielt. Er hatte ja gewusst, dass Carlo etwas von einem VW-Bus mitbekommen hatte. Aber nicht mehr – hatte er gedacht. Was sonst hatte Carlo noch gehört?

«Ja, verdammt noch mal!»

Carlo offenbarte, mit welchem Inhalt sich seine ursprünglichen Erinnerungslücken heute gefüllt hatten.

Tom war entsetzt. Damit hatte er wahrlich nicht gerechnet. Damit, dass Carlo vielleicht doch mehr gehört hatte, als er gestern erzählt hatte – vielleicht. Aber nicht damit, dass er herausfinden würde, dass er mit seinem Bus einen Abstecher weg von der Autobahn gemacht hatte. Tom liess das übervolle Plastikbecken, das er mit dem frisch gespülten Geschirr vor seiner Brust trug, mit einer Hand los, um sich den Schweiss von der Stirn zu wischen. Zwei Plastiktassen fielen zu Boden. Tom bückte sich umständlich und hob sie auf.

Und er hatte Carlo unterschätzt. Nie hätte er gedacht, dass der sich an so nichtssagende Satzfetzen und Wörter erinnern würde. Und dass er aus so wenigen Informationen die richtigen Schlüsse ziehen würde, hätte er ihm erst recht nicht zugetraut. Der verfluchte Aufkleber würde ihm noch das Genick brechen!

«Nicht dass es mich interessieren würde, wann und wo du dich rumtreibst», fuhr Carlo in vorwurfsvollem Ton fort. «Ist mir scheissegal, was du dort gemacht hast. Aber wenn ich mich schon bemühe, dir aus der Patsche zu helfen, dir hinterherfahre und dich suche, könntest du wenigstens so viel Anstand haben, mich nicht anzulügen und mir nicht irgendwelchen Scheiss zu erzählen!»

«Bist du jetzt fertig?»

«Ja. Reicht wohl, oder?»

«Finde ich auch! Es war nämlich genau so, wie ich dir gesagt habe. Punkt. Du kannst dir zusammenreimen, was du willst. Ist mir egal. Den Kleber kann jeder im Internet bestellen. Und dass VW-Busse des Öfteren mit Klebern versehen sind, weisst du selbst. Sieh dich doch um!» Tom zeigte mit dem Kopf auf die Stellplätze um sie herum. «Dass du den mit den fickenden Fröschen noch nie gesehen hast, heisst gar nichts. Dein Problem!»

Mittlerweile hatten sie ihren Platz erreicht und Tom setzte das Geschirrbecken hart auf dem Tisch ab.

«Ich jedenfalls habe ihn schon ein paarmal gesehen», log er. «Das war ein anderer Bus. Also geh mir nicht auf den Wecker mit deinen Unterstellungen!»

Carlo sagte zwar nichts, doch Tom glaubte in dessen Gesicht zumindest einen Hauch von Zweifel zu erkennen. Aber für wie lange? Tom nahm das Geschirrtuch von seiner Schulter und peitschte es neben dem Becken auf den Tisch, als wolle er damit Ungeziefer erschlagen. «Und jetzt leck mich am Arsch.» Sekunden später verzog er sich in seinen Bus.

22

Im Bus warf Tom sich augenblicklich aufs Bett. Er war geliefert!

In Embryonalstellung lag er da. 110 Kilo in Embryonalstellung! Rhythmisch wippend. Den Kopf unter dem Kissen vergraben, den Knöchel des rechten Zeigefingers zwischen den Zähnen.

Offenbar hatte Carlo noch nichts vom Mord gehört oder gelesen, aber sobald er das tun würde, war er geliefert. Carlo würde die richtigen Schlüsse ziehen – zumindest war die Wahrscheinlichkeit gross, dass er das tun würde. Und dann? Unwillkürlich biss Tom fester auf den Knöchel. Wie würde Carlo reagieren? Würde er ihn darauf ansprechen? Oder sich direkt an die Polizei wenden? Dann wäre alles vorbei … der Tatort war ja übersät mit seinen Spuren! Carlo könnte ihn auch erpressen. Aber was wollte er fordern? Er hatte ja nichts – abgesehen von den 24 Millionen, von denen Carlo jedoch nichts wissen konnte. Eigentlich! Hoffentlich!

Auf jeden Fall durfte er nicht davon ausgehen, dass Carlo ihn decken würde. Zu ihm halten würde. Sie kannten sich zwar schon eine Ewigkeit, kamen gut miteinander zurecht, aber eigentlich war die Beziehung doch eher kameradschaftlich als wirklich freundschaftlich. Weitgehend beschränkt auf ihre gemeinsame Leidenschaft für VW-Busse und Fussball … für die Young Boys. So hatten sie sich auch kennengelernt. Über den Fussball. Als Spieler des FC Ostermundigen. Er war Goalie gewesen. Carlo Aussenverteidiger – ein bissiger Hund! Und ja, sie liebten beide Countrymusik, hatten gemeinsam auch schon das eine oder andere Festival besucht. Die intensivste Zeit, die sie miteinander verbracht hatten, waren die drei Wochen in Schottland gewesen … mit ihren Bussen. Aber sonst … sonst hatten sie eigentlich kaum Berührungspunkte. Und deshalb auch nicht viel Kontakt.

Und jetzt? Tom strampelte wütend ins Leere und hämmerte mit der Faust auf die Matratze. Nach einer Weile beruhigte er sich langsam, drehte sich auf den Rücken und legte das Kissen unter den Kopf. Er starrte an den Dachhimmel des Busses, an welchem es nichts zu sehen gab.

Weiss Retro, perforiert, wie Original, hatte er ihn damals bestellt und selber eingepasst.

«Eigentlich habe ich jetzt drei Möglichkeiten», dachte er und löste aus der rechten Hand, die geballt neben ihm auf der Decke lag, Daumen, Zeige- und Mittelfinger. «Oder vier.» Der Ringfinger kam dazu. Die vierte Möglichkeit – einfach abzuhauen – verwarf er sogleich wieder. Die erste hiess: Abwarten. Vielleicht würde Carlo von dem Ereignis in Hägendorf nichts mitbekommen. Er war ja nicht gerade das, was man einen Nachrichten-Junkie nennt. Er schaute zwar zwischendurch mal in die *Blick*-App oder in jene von *20 Minuten*, aber vorzugsweise für den Sportteil. Und dort insbesondere für die Fussballresultate. Nachrichten im Radio oder im Fernsehen waren nicht so sein Ding. Und Sport, insbesondere Fussball, war erst am Samstag wieder angesagt. Bis dann war der Mord vielleicht schon aus der Aktualität verschwunden. Von einem anderen Ereignis verdrängt.

Blieben noch Daumen und Zeigefinger. Er konnte Carlo ins Vertrauen ziehen. Dann müsste er ihm aber auch erklären, warum er dort gewesen war. Warum er die Tat verübt hatte. Und damit war auch gesagt, dass ihn diese Möglichkeit ein paar Millionen kosten würde, denn er musste Carlo quasi zum Mittäter machen und die «Beute» mit ihm teilen. Denen von Swisslos würde man sagen, dass es ein gemeinsamer Tippschein war, so weit sicher kein Problem. Carlo würde wahrscheinlich sogar mitmachen. Geld, viel Geld wäre zumindest ein starkes Argument für ihn. Für den Arbeitslosen, der ständig klamm war. Aber erstens eben nur «wahrscheinlich». Und zweitens war da noch die Frage, ob Carlo auch dauerhaft dichthalten und sich nicht irgendwie und irgendwann verplappern würde. Im Suff … oder weil ihn plötzlich ein schlechtes Gewissen plagte. Er wäre Carlo zeitlebens ausgeliefert … zumindest solange Carlo lebte. Und damit kam Tom zur letzten Möglichkeit: Carlo zum

Schweigen bringen. Definitiv zum Schweigen bringen. Er schloss die Augen und lag jetzt reglos auf dem Rücken, beide Hände wieder zur Faust geballt. Er atmete tief durch. *Schreckliches wird passieren! Etwas ganz Furchtbares!* Sie hatte recht gehabt. Möglicherweise hatte es ein wenig länger gedauert, als sie gemeint hatte – aber sie hatte definitiv recht gehabt. Und möglicherweise war das ganze Ausmass des «Schrecklichen» noch gar nicht absehbar. Vor allem, wenn er an die letzte der Möglichkeiten dachte … Aber nein! Das durfte nicht passieren, verflucht noch mal! Er öffnete die Augen, richtete sich halbwegs auf und stützte sich auf die Ellbogen. Abwarten! Er würde abwarten und hoffen, dass Carlo vorerst nichts vom Mord mitbekam. Alles andere schien im Moment keine Option. Abwarten …

23

Carlo hatte sich auch in seinen Bus verzogen. Nächstes Jahr würde er nicht mehr hierherreisen. Oder nur noch ohne Tom. Es wurde immer mühsamer mit ihm. Grantig war er ja schon immer gewesen, damit hatte er keine Probleme. Aber in letzter Zeit war er ein richtig mühsamer Sack geworden – und er hatte genug von den ständigen Reibereien mit ihm. Wie das Affentheater eben.

Carlo setzte sich auf den Beifahrersitz und kramte im Handschuhfach. Irgendwo hatte er doch noch die CD von Johnny Cash, *At San Quentin*.

Seit wir in Bern losgefahren sind, ist er komisch, ging es Carlo durch den Kopf. Oder seit dem Belchentunnel. Eigentlich, seit er ihm die Geschichte mit der Weissen Frau erzählt hatte. Konnte es da einen Zusammenhang geben?

Carlo legte die CD in den Player ein und liess die Musik lautstark laufen.

Schon schräg, die Sache mit dem Bus und dem Kleber mit den fickenden Fröschen. Wie gross war die Wahrscheinlichkeit, dass es sich um einen Zufall handelte? Mit einem anderen Bus … in dieser Region … zu diesem Zeitpunkt? Sehr klein! Aber welchen Grund sollte Tom gehabt haben, sich dort, wo immer das gewesen war, herumzutummeln? Welchen Grund, den er ihm nicht hätte nennen können? Carlo schüttelte den Kopf. Es ergab alles keinen Sinn!

Mit einem Exemplar von *Bullimania,* einem Infomagazin vom *VW Bus Club Schweiz,* fläzte er sich hinten aufs Bett und begann darin zu blättern. Zum x-ten Mal – er kannte den Inhalt schon fast auswendig, aber er hatte nur dieses eine Exemplar dabei.

24

Tom hatte vier marinierte Steaks besorgt, die sie heute vertilgen wollten. Sie lagen vor ihm auf zwei Tellern, bereit, auf den Grill geworfen zu werden, in welchem Franz bereits einen schönen Glutteppich entfacht hatte. Alois hatte Kartoffeln in Alufolie eingewickelt und in die Glut gelegt. In fünf bis zehn Minuten sollten sie gar sein. Die Steaks würden zwei bis vier Minuten brauchen. Der Tisch war gedeckt.

Es war wieder ein strahlend schöner und warmer Abend, kurz vor sechs Uhr. Genug Zeit, gemütlich zu essen, bevor sie später den Festplatz heimsuchen wollten.

«Holst du noch Bier aus dem Kühlschrank?» Die Frage von Franz war an Alois gerichtet. Alois wischte seine Hände am Hosenboden ab und verschwand im Österreicherbus. Augenblicke später kam er zurück und stellte vier kältebeschlagene Flaschen mit Bügelverschluss auf den Tisch. Dann zog er sein Survivalmesser mit der gut fünfzehn Zentimeter langen, vorne spitz zulaufenden Klinge aus der Gürtelscheide, trat an den Grill und stach in eine der eingewickelten Kartoffeln. Dann in eine andere. «Auf den Rost mit den Dingern», sagte er und zeigte mit dem Messer auf die Steaks.

«Jetzt konntest du das Ding doch endlich einmal einsetzen», frotzelte Franz mit Blick auf das Messer. «Hast zwar nicht gerade einen Bären damit erlegt, aber immerhin zwei Kartoffeln.» Alle lachten. Auch Alois.

«Ihr seid bloss neidisch. Italienisches Olivenholz!» Er strich liebevoll über den Griff des Messers und steckte es zurück in die Scheide.

Tom brachte die Steaks zum Grill und legte sie auf den Rost. Es zischte und der typische Geruch, den sie alle liebten, begann sie zu umwehen. «Willst du dazuschauen?», fragte er Franz.

«Nein, mach nur … du hast sie schliesslich bezahlt.»

«Ich nehme schon mal ein paar Kartoffeln raus», sagte Alois und seine Hand zuckte wieder zum Messer. Aber dann hielt er inne und liess das mit Olivenholz bestückte Ding stecken. Stattdessen ging er zum Tisch und holte eine Gabel und einen Teller. Er stocherte ein wenig in der Glut und wählte vier Kartoffeln aus, die er zum Tisch brachte.

«Und im Übrigen kann es heutzutage nicht schaden, wenn man nicht halbnackt herumläuft.» Er tätschelte mit der flachen Hand auf das Messer. «Überall laufen Verrückte herum, deshalb …»

«Ja, einer davon bedient uns gerade mit Kartoffeln», fiel Carlo ihm ins Wort und erntete dafür wieder eine Runde Lacher.

«Ignoranten!» Er legte auf jeden Teller eine Kartoffel. «Auspacken könnt ihr sie selber.»

Der Geruch des gegrillten Fleisches wurde immer intensiver und wenig später verteilte Tom die Steaks auf die vier

Teller, setzte sich an den Tisch und wünschte einen guten Appetit.

Sie assen zunächst still. Oder besser: wortlos. Denn die Kau- und Schmatzgeräusche, die Carlo und vor allem Alois erzeugten, gingen nicht als «still essen» durch. Jedenfalls nicht bei Tom, dessen Nervenkostüm sowieso schon ziemlich dünn war.

«Mmmmh … köstlich», liess Alois sich nach wenigen Bissen mit vollgestopftem Mund verlauten. Das Wort «köstlich» kam mit viel Inbrunst aus seinem Mund – zusammen mit ein paar Stückchen Fleisch und Kartoffeln. Sehr zu Toms Leidwesen.

«Und warum behältst du das Zeug dann nicht im Mund?», fragte er und versuchte, es nicht allzu ernst gemeint klingen zu lassen.

«Sorry, Jungs», antwortete Alois. «Sorry» mit Stückchen, was sogar Tom lustig fand. Ein wenig jedenfalls.

Carlo griff nach seiner Bierflasche. «Wir helfen dir runterspülen.» Er öffnete den Bügelverschluss und hob die Flasche. «Prost, ihr Säcke!»

Die anderen ergriffen ebenfalls ihre Flaschen. «Prost, du Sack!»

«Und wozu genau soll dir dein italienisches Olivenholzmesser jetzt dienen?», fragte Carlo nach einem weiteren Schluck aus der Flasche. «Abgesehen vom Kartoffelstechen, meine ich.»

«Wie gesagt … Verrückte gibt es überall! Gegen einen Lastwagen, der auf dich zudonnert, oder gegen Schusswaffen hast du natürlich keine Chance. Aber sonst …» Alois hob mahnend den Zeigefinger. «Wenn ich körperlich angegriffen werde, mit Fäusten, Stöcken oder Messern, dann werde ich mich zu wehren wissen.»

«Und wo sollte dir so etwas widerfahren?», fragte Carlo mit spöttischem Lächeln. «Hier auf dem Camp etwa? Unter all diesen Gemütsmenschen? Oder bei dir zu Hause, im beschaulichen Tirol?»

«Wieso nicht? Auch bei uns steigt die Kriminalitätsrate. Immer mehr Gewaltverbrechen, immer mehr Ausländer, all die Typen aus dem Balkan …»

«Was konkret ist denn schon alles passiert bei uns?», fragte Franz. «Was, das man mit so einem Messerchen hätte verhindern können, meine ich.» Er zeigte dabei auf Alois' Gürtel.

Tom gefiel nicht, wie sich das Gespräch entwickelte.

25

«Ich hole mir noch eine Kartoffel.» Tom stand auf. «Will sonst noch jemand?»

Alle wollten. Er nahm einen leeren Teller, ging zum Grill und kehrte mit vier Kartoffeln an den Tisch zurück. «Zwei sind noch übrig», sagte er und legte sich und den anderen eine auf den Teller. «Wer spielt eigentlich heute Abend?», fragte er und setzte sich hin.

«*Old Horses*», antwortete Alois. «Die waren ja schon vor sechs oder sieben Jahren mal hier.»

«Stimmt», sagte Franz. «Country. Honky-Tonk Style. Coole Sache!»

«Sind das die mit dem dicken, rothaarigen Bassisten, der immerzu …»

«In der Nähe von Wien sind vor drei Wochen zwei Teenager von einer Gruppe Asylanten verprügelt worden», fiel Alois Tom ins Wort. «Ohne Grund! Spitalreif! Einer der Jungs lag tagelang im Koma! Der andere ist seither auf einem Auge blind!»

«Jaaa, Loisl …» Franz legte väterlich seine Pranke auf Alois' Schulter. «Aber das war jetzt wirklich eine Ausnahme. Passiert in unseren Breiten ja nicht jeden Tag.»

«Aber doch immer öfter», kam Carlo Alois zu Hilfe. «Vor etwa einem Monat hier in Deutschland … vor einer Disco … ein Besucher wurde abgestochen.»

«Deutschland ist gross», versuchte Tom zu relativieren. Er hatte aufgehört zu essen und rutschte unruhig auf seinem Stuhl herum. «Heute Abend wird hier wohl nichts Derartiges passieren. *Old Horses*, hast du gesagt? Ab acht Uhr? Oder neun?»

«Wenn man unbedingt einen Teufel an die Wand malen will, findet man natürlich immer einen Grund dafür», meinte Franz mit einer resignierenden Geste. «Auch bei euch im Schweizerländle gibt es nicht nur Gutmenschen … auch nicht nur heile Welt … dieser Doppelmord vor wenigen Tagen … aber deshalb lauft ihr ja auch nicht mit Armbrust oder Hellebarde herum!»

Toms Herzschlag setzte einen Moment aus. Er schloss die Augen und ihm entfuhr ein tiefer Seufzer.

«Ist dir nicht gut, Alter?», fragte Alois mit besorgtem Blick.

«Doch … doch … alles bestens … nur ein wenig Magenbrennen … alles gut!» Das war das, was Tom sagte. Was er dachte, war nicht dasselbe: «Das darf doch nicht wahr sein! Franz! Du verfluchter Idiot! Verfluchter, blöder Idiot!» Er sah an allen vorbei in die Ferne, aber aus dem Augenwinkel beobachtete er Carlo, der noch mit den letzten Resten seiner Mahlzeit beschäftigt war. Er schien der Aussage von Franz keine Beachtung zu schenken. Zum Glück! «Also», insistierte Tom, nachdem sein Puls sich wieder einigermassen normalisiert hatte. «Wann jetzt? Acht oder neun Uhr?»

Alois hob neun Finger in die Höhe und schluckte seinen letzten Bissen hinunter. Dann nahm er einen Schluck Bier und rülpste ungeniert. «Von acht bis neun spielt irgendeine Jugendband aus der Region. Die können wir uns eigentlich schenken.»

«Wieso? Die will ich auch hören!» Tom sah demonstrativ auf die Uhr. «Manchmal sind Vorbands besser als der Hauptact.» Er stand auf und begann emsig das Geschirr zusammenzustellen.

«Was war denn das für ein Doppelmord bei euch?» Alois' fragender Blick wechselte zwischen Carlo und Tom hin und her.

«Keine Ahnung», schoss es aus Toms Mund. Schneller und lauter, als er gewollt hatte. Danach richteten sich alle Blicke auf Carlo. Der schüttelte den Kopf und machte eine unwissende Geste. «Ich auch nicht. Nichts gehört, nichts gelesen. Wann soll das passiert sein?» Die Frage richtete sich an Franz.

Tom liess sich schwer auf den Stuhl fallen.

«Vor zwei, drei Tagen. Genau weiss ich es nicht. Eure Landsleute hinten beim Beachvolleyballplatz, die mit dem rot-silberigen T3, haben heute Nachmittag kurz davon gesprochen. Doppelmord. Ein Ehepaar. In seinem Haus. Irgendwo in der Nähe des Belchentunnels.»

Tom sackte in seinem Stuhl in sich zusammen. Wie eine Marionette, deren Fäden man durchtrennt. Ein Tsunami aus Hitze und Übelkeit erfasste seinen Körper. Er schloss die Augen. Und als er sie wieder öffnete, sah er, dass alle Blicke auf ihn gerichtet waren. Zweimal besorgt, einmal voller Skepsis.

«Wirklich alles in Ordnung mit dir?» Es war wieder Alois, der fragte. «Gefällst mir gar nicht!»

«Mir auch nicht!», sagte Carlo mit gedehnten Worten, die vor Sarkasmus trieften, wie Tom fand.

«Alles gut! Wie gesagt … werde nachher einen Magenschoner einwerfen, dann geht es rasch besser.»

«Ja, mach das», ermunterte ihn Alois. «Am besten jetzt gleich, damit du nachher fit bist für den Abend.»

Tom vermied den Blickkontakt zu Carlo, aber er nahm sehr genau wahr, dass dieser reglos dasass und ihn unablässig musterte. Und dann kam, was kommen musste: Carlos Griff zum Handy.

Carlo hatte die Artikel zum Doppelmord am Belchentunnel im *Blick* und in *20 Minuten* schnell gefunden. Er überflog nur die Schlagzeilen und die einleitenden Zeilen. Dann sah er Tom an, der ohne jegliche Körperspannung in seinem Stuhl hing. Blass und schwitzend, mit fahrigem Blick, der dem seinen auswich. «Magenschoner … so ein Bullshit … der ist doch fix und fertig!», dachte Carlo.

Was zum Teufel war an jenem Abend passiert? Hatte Tom tatsächlich etwas mit diesem Doppelmord zu tun? Schier undenkbar! Unwirklich! Das Ganze machte überhaupt keinen Sinn! Nicht den geringsten! Andererseits … so viele Zufälle konnte es nicht geben! Und plötzlich lief ihm ein Schauder über den Rücken. *Schreckliches wird passieren* … Carlo schüttelte den Kopf, versuchte, die absurden Gedanken zu vertreiben.

Er musste unbedingt die Berichte lesen! Er verstaute das Handy in seiner Hemdtasche und stemmte sich aus dem Stuhl hoch. «Bis deine Magenschoner wirken, dauert es ja wahrscheinlich noch einen Moment», sagte er zu Tom. «So lange warte ich im Bus. Zeitung lesen!» Und zu den Österreichern: «Lasst ruhig alles liegen!» Er deutete auf den Tisch. «Ich kümmere mich später darum.»

Tom sah Carlo nach, wie er in seinem Bus verschwand. Die erste Möglichkeit, nämlich abzuwarten in der Hoffnung, dass Carlo nichts vom Doppelmord mitbekommen würde, war soeben atomisiert worden. Drinnen würde er die Berichte lesen und danach – so viel war klar – würde er von Carlo damit konfrontiert werden. Bestenfalls! Denn noch schlimmer wäre es, wenn Carlo sich veranlasst sähe, direkt die Polizei zu informieren. Würde er das tatsächlich tun? «Ich traue es ihm zu», dachte Tom. «Würde ich es tun? An seiner Stelle? Ich weiss nicht … vielleicht … wahrscheinlich …»

Vor den Augen von Alois und Franz klaubte Tom demonstrativ eine Tablette aus seinem Portemonnaie und nahm sie ein. Sein Reservemedikament gegen die Pollenallergie, die ihm manchmal Schnupfensymptome und Augenjucken bescherte. Nicht jetzt, im Herbst, natürlich. Und die Symptome waren jeweils auch nicht sehr stark. Nicht zu vergleichen mit jenen von Carlo, der extrem auf Soja und auf Fisch reagierte! Den Österreichern gegenüber gab Tom vor, es sei der Magenschoner, den er da schlucke.

Alois und Franz waren – trotz Carlos Angebot, sich später darum zu kümmern – mit Abräumen beschäftigt und liessen Tom in Ruhe. Die Tablette musste ja erst einmal wirken. Sie ahnten nichts von den wahren Gründen für sein jämmerliches Befinden und fachsimpelten quietschfidel über Countrymusik. Countrymusik im Allgemeinen und über die *Old Horses* im Speziellen. Banaler Scheiss, im Vergleich zu dem, was ihn beschäftigte, wie Tom fand. Ihn, der jetzt so was von aufzufliegen drohte! Alles, wirklich alles, stand für ihn auf dem Spiel. Wenn es ihn erwischte in seinem Alter, würde die Strafe wahrscheinlich im wahrsten Sinne des Wortes lebenslänglich bedeuten!

28

Als Carlo fertig war mit Lesen, raufte er sich die Haare und vergrub das Gesicht in seinen Händen, vornübergebeugt, die Ellbogen auf den Knien abgestützt. Er war fassungslos. Ein Ehepaar mit einem kleinen Kind. Den Mann nannten sie

Roman – aber der Name war falsch. Es konnte also sehr gut ein *Roli* oder *Rolfi* gewesen sein. Und eben – das Ganze genau in der Region, wo er den Ursprung des Funkspruchs mit dem *VW-Bus* und den *fickenden Fröschen* vermutete. Er schüttelte ungläubig den Kopf. Und dann die Reaktion von Tom, eben, als Franz den Mord erwähnte. Der stand ja kurz vor einem Herzinfarkt!

«Gottverdammt», entfuhr es ihm. Der Mistkerl hat wahrscheinlich zwei Leute gekillt! Einfach mal so zwischendurch … im Vorbeifahren! Aber warum? Was zum Teufel hatte Tom veranlasst, auf der Autobahn umzudrehen, in dieses Hägendorf zu fahren, ein Haus aufzusuchen und die Bewohner umzulegen?

Er brauchte frische Luft! Nein, er musste rauchen. Er schnappte sich eine volle Packung Zigaretten, stieg aus dem Bus und ging an Tom und den Österreichern vorbei, ohne sie eines Blickes zu würdigen. «Bin einen Moment weg, wartet nicht auf mich», raunzte er über die Schulter zurück und schlug den Weg zum Ausgang des Campingplatzes ein.

29

«Was ist denn mit dem los?», fragte Franz. Er und Alois schauten Carlo verwundert nach, der zielstrebig den Stellplatz verliess und Richtung Ausgang schritt.

«Keine Ahnung», sagte Alois.

Tom zuckte nur mit den Schultern.

«Ihr seid schon zwei komische Typen», konstatierte Franz mit einem Grinsen. «Oder sind alle Schweizer so?»

Tom ging nicht darauf ein. Stattdessen schaute er auf die Uhr. «Es ist jetzt Viertel vor acht. Wann wollt ihr zum Festplatz?»

Alois und Franz sahen sich einen Moment unschlüssig an. «In einer halben Stunde?», schlug Alois vor.

«Passt», antwortete Franz.

«Okay.» Tom stand seufzend auf. «Dann zieh ich mich auch noch einen Moment zurück.»

Drinnen im Bus suchte er nach aktuellen Nachrichten. Soweit er sah, gab es keine neuen Erkenntnisse zum Doppelmord. Entscheidend für ihn war die Aussage des Informationschefs der Kantonspolizei Solothurn, wonach man bezüglich Tatmotiv und Täter noch keine konkreten Aussagen machen könne. «Wenigstens etwas», sagte Tom leise vor sich hin und legte das Handy beiseite. Dann klaubte er die Spielquittung aus der Gürtelschnalle und starrte sie reglos an. Vierundzwanzig Millionen! Vierundzwanzig Millionen hier in meiner Hand! Ein wahnsinniger Gewinnschein. Und gleichzeitig ein unermesslicher Schuldschein. Vierundzwanzig Millionen für zwei Tote. Er wiegte den Kopf hin und her. Kämpfen oder aufgeben? Geld einstreichen oder sich stellen?

Die Morde konnte er nicht ungeschehen machen. So oder so. Auch wenn er sich stellte. Die blieben tot. Seine Sühne, seine Strafe würde ihnen nichts nützen. Im Gegenteil. Sie wären dann gewissermassen umsonst gestorben. Und der Kleine wäre umsonst zum Waisen geworden. Für nichts und wieder nichts! So betrachtet konnte er höchstens versuchen, dafür zu sorgen, dass das Ganze einen Sinn ergab. Deshalb durfte er nicht geschnappt werden! Und er musste an das Geld kommen!

Dann hielt er in seinem Gedankengang inne. Und Augenblicke später kam ein leises «pervers» aus seinem Mund. Als er realisierte, dass er gerade im Begriff war, sein verbrecherisches Handeln, insbesondere die Fortsetzung seines verbrecherischen Handelns, damit zu rechtfertigen, dass dies im Sinne der Opfer sei.

Er sass noch einen Moment lang so da, dann faltete er den Schein sorgfältig zusammen und verstaute ihn im Gürtelfach.

30

Wie er es auch betrachtete – er kam nicht weiter. Der Verdacht blieb, die Gewissheit aber fehlte.

Für Carlo stellte sich die Frage, ob er die Polizei in der Schweiz über seinen Verdacht informieren sollte. Informieren musste? Ihnen sagen, schaut euch mal den Typ mit dem VW-Bus mit der Nummer BE 23664 an. Ohne irgendwelche Hinweise? Anonym? Oder sollte er sich zu erkennen geben und ihnen mitteilen, was er wusste? Glaubte zu wissen. Was er gehört hatte? Falls Tom tatsächlich der Doppelmörder war und sie ihn wegen ihm schnappen würden, hätte er ja nichts anderes verdient. So einer gehörte weggesperrt! Vielleicht war sogar eine Belohnung ausgesetzt. Für diesen Gedanken schämte er sich. Ein wenig, jedenfalls. Andererseits … Und falls Tom unschuldig war, würde sich das ja bestimmt rasch herausstellen. Tom hätte nichts zu befürchten. Doch dann wäre zwischen ihnen zweifellos alles Geschirr zerschlagen. Für immer! Tom würde ihm das nie verzeihen. Und er konnte ein richtiges Arschloch sein! Bestimmt würde er es ihm irgendwie heimzahlen. Und wahrscheinlich überall herumerzählen, dass er von ihm denunziert worden sei. Zu Unrecht denunziert worden sei!

Oder sollte er zuerst mit Tom sprechen? Ihn direkt mit seinem Verdacht konfrontieren? Hei Tom, Alter! Was läuft so? Übrigens … was ich noch fragen wollte: Hast *du* das Ehepaar in Hägendorf umgelegt?

Was, wenn er Ja sagen würde?

Mittlerweile war er etwa eine halbe Stunde Fussmarsch vom Camp entfernt. Am westlichen Horizont war der Himmel nur noch schwach orangerot erleuchtet, durchsetzt mit wenigen dunklen Schlieren und einigen Schäfchenwolken. Eine leichte Brise wehte Musikklänge vom Südsee-Camp zu ihm herüber, aus denen sich vor allem das Wummern der

Bässe hervortat. Ein Schwarm winziger Mücken umsurrte und nervte ihn, seit er das Camp verlassen hatte. Alles Herumfuchteln half nichts. Auch nicht, dass es mittlerweile merklich abgekühlt hatte. Hartnäckige Mistdinger!

Franz hatte ihm vor wenigen Minuten eine SMS geschickt: «Gehen schon mal rüber zum Festplatz. See you later.»

«Mir auch recht», dachte Carlo. Er hatte es nicht eilig, sich ins Festgetümmel zu stürzen.

«Guten Abend», sagte das Grossmütterchen, das mit einem weissen Zwergpudel seinen Weg kreuzte. Er erwiderte den Gruss.

«Zeit, zurückzukehren», sagte er sich wenige Schritte später, blieb stehen und drehte sich um. Er wartete einen Moment, weil er der alten Dame nicht den Eindruck vermitteln wollte, er würde sie verfolgen. Zum x-ten Mal schlug er nach dem Mückenschwarm, dann tippte er eine Nachricht in sein Handy: «Wir müssen reden! In meinem Bus. In einer halben Stunde. C.»

31

Die Holländer winkten sie überschwänglich an ihren Tisch, in der Nähe der Bühne. Sie hatten ihnen Plätze frei gehalten. Wie es aussah, waren sie schon seit geraumer Zeit auf dem Festplatz zugange: Viele Flaschen und Humpen auf dem Tisch, lautes Lachen, fahrige Gesten, glasige Augen … die Anzeichen waren untrüglich – Tom kannte sie bestens. Er hatte sich noch nicht einmal hingesetzt, als Antje, die – zumindest optisch – eine wasserstoffblonde Schwester von Angela Merkel hätte sein können, ihm augenzwinkernd einen vollen Humpen Bier zuschob. Franz und Alois wurden auch sofort mit Stoff versorgt, und als sie sich hingesetzt hatten, hob einer der Holländer sein

Glas in die Höhe, sagte irgendetwas, das Tom nicht verstand, weil es erstens so nah an der Bühne zu laut war und er zweitens kein Holländisch konnte. Aber da auch alle anderen ihre Gläser hoben und schliesslich zum Trinken ansetzten, tat er es ihnen gleich. Nach dem zweiten Schluck spürte er das Vibrieren in seiner Gesässtasche. Er setzte den Humpen ab, wischte sich mit dem Handrücken den Schaum vom Mund und holte das Handy hervor. Nachdem er Carlos Nachricht gelesen hatte, verstaute er das Handy wieder in der Hosentasche. «Jetzt wird's ernst», dachte er und starrte gedankenverloren in sein Glas. Er war so abwesend, dass er nicht realisierte, dass Angela Merkels wasserstoffblonde Schwester über den Tisch hinweg auf ihn einredete. Erst Alois' Ellbogen rüttelte ihn aus seiner Versunkenheit.

«Hei, Träumer! Die Dame spricht mit dir!» Mit einem breiten Grinsen machte er eine übertrieben galante Geste, die in Richtung Antje zeigte.

«Ach …» Toms verunsicherter Blick wanderte zwischen Antje und Alois hin und her. «Sorry … ich …»

«Immer noch der Magen?», fragte Alois und legte ihm die Hand auf den Bauch.

«Äh … ja …» Tom versuchte zu lächeln.

«Hat Bauchschmerzen», rief Alois Antje zu und zuckte mit den Schultern.

Antje schien nicht zu verstehen. Oder es war ihr egal. Jedenfalls lachte sie ordinär, prostete den beiden zu, nahm einen kräftigen Schluck und wandte sich ihrem holländischen Tischnachbarn zu.

Alois liess auch von Tom ab, richtete seinen Blick auf die Bühne und begann im Rhythmus der Musik zu klatschen.

Tom starrte wieder in sein Bier. Dann gab er sich einen Ruck, trank aus und stand auf. «Ich muss mich noch einmal einen Moment hinlegen», rief er Alois ins Ohr. «Komme wieder, sobald's besser geht.»

Alois nickte nur und klatschte weiter.

32

Als Tom hörte, dass Carlo in seinen Bus stieg, wartete er noch zwei Minuten. Dann ging er zu ihm rüber. Die Schiebetür stand halb offen.

«Carlo?»

«Komm rein!» Carlo sass auf dem Bett und zeigte auf den winzigen Campingstuhl, den er neben der Schiebetür hingestellt hatte. «Setz dich – und schliess die Tür!»

Tom kam den Aufforderungen nach. Nachdem er die Tür zugezogen hatte, war nur noch gedämpfte Musik vom Festplatz zu hören. Und das leise Surren von Carlos Kühlschrank. Sämtliche Fenster waren verdunkelt, die kleine Deckenlampe spendete ein schummriges Licht. Es roch nicht gerade aphrodisierend, wie Tom fand. Eine Mischung aus alten Socken, abgestandenem Zigarettenrauch und *Aqua Velva*.

Einen Moment lang sassen sie schweigend da und vermieden jeglichen Blickkontakt. Plötzlich griff Carlo nach dem Tablet auf seinem Bett, tippte kurz darauf herum, dann drehte er das Display Tom zu.

«Warst du das?», fragte er mit brüchiger Stimme.

Tom starrte auf die ihm bekannte *Blick*-Schlagzeile. Dann seufzte er tief. «Spinnst du jetzt komplett, oder was?»

Carlo legte das Tablet beiseite und fixierte ihn mit seinen Augen. «Warst du das? Ein einfaches Ja oder Nein reicht.»

«Nein, das reicht nicht! Ganz und gar nicht!» Tom zeigte mit dem Finger auf Carlo. «Wie kannst du es wagen, mich mit diesem ... diesem Mord in Verbindung zu bringen?»

«Das müssen wir nicht diskutieren. Du weisst genau, warum. Darüber haben wir schon ausführlich gesprochen! Und das, was hier passiert ist», er zeigte dabei auf das Tablet, «und das, was ich aus dem Walkie-Talkie gehört habe, passt zusammen. Und es passt verdammt noch mal zu deinem Bus!»

«Eben!» Tom wurde lauter. «Und ich habe dir gesagt, dass das mit dem Bus ein Zufall sein muss!»

«Ja. Hast du!» Carlo beugte sich zu ihm vor und flüsterte: «Aber ich glaube dir nicht!»

Tom verwarf die Hände. «Dein Problem!»

«Ja oder nein?», insistierte Carlo.

«Nein, verdammt noch mal», schrie Tom. «Und jetzt leck mich am Arsch!» Er machte Anstalt, die Tür zu öffnen.

«Gut! Geht ja! Dann ist ja alles bestens.» Carlo verschränkte die Arme vor der Brust. «Demnach kann ich der Polizei ja getrost mitteilen, was ich an jenem Abend gehört habe! *Du* hast ja nichts zu befürchten!»

«Ach … mach doch, was du willst!» Tom öffnete energisch die Schiebetür. Countrymusik und frische Luft strömten in den Bus. Er stieg aus. «Blöder Sack!» Mit aller Kraft schlug er die Tür wieder zu. Wenige Meter vom Bus entfernt blieb er stehen und begann wie ein Irrer, mit den Fäusten den eigenen Schädel zu traktieren.

Ende! Aus! Game over!

Er verschränkte die Finger hinter dem Kopf und tigerte ruhelos umher. Wenn Carlo der Polizei mitteilte, was er gehört hatte, würden die bestimmt Fragen stellen. Wann genau haben Sie das gehört? Warum waren Sie dort unterwegs? Ah, Sie sind umgedreht? Warum eigentlich? Mit wem waren Sie unterwegs? Hat diese Person auch einen VW-Bus? Wie heisst sie? Wo war sie zu dieser Zeit? Hat sie die Funksprüche auch gehört? Hat sie mehr gehört als Sie? Und so weiter, und so weiter … Er war definitiv am Arsch!

Nach wenigen Minuten blieb er abrupt stehen und liess resigniert die Arme und den Kopf hängen. Er sah sich kurz um. Im Schutz der Wagenburg und abgewandt von Carlos Bus öffnete er das Geheimfach an seinem Gürtel, entnahm ihm die Spielquittung und schob sie in sein Portemonnaie, welches er in die hintere rechte Gesässtasche steckte. Dann schritt er entschlossen zu Carlos Bus zurück, riss ohne Vorwarnung die Schiebetür auf, stieg ein und knallte sie energisch zu. Die Deckenlampe flackerte kurz und das Surren des Kühlschranks kam ins Stottern. Alte Socken, abgestandener Rauch, *Aqua Velva*. Carlo sass immer noch mit dem Tablet auf seinem Bett und sah ihn verwundert an.

Tom setzte sich wieder auf den kleinen Stuhl. «Was hättest du gesagt, wenn ich mit Ja geantwortet hätte?»

Carlo schluckte leer und starrte Tom mit hochgezogenen Brauen an.

«Komm! Sag schon!» Tom machte eine auffordernde Geste. «Du hast mich gefragt … dann solltest du die Antwort nicht scheuen. Alle möglichen Antworten!» Er zeigte mit dem Finger auf Carlo. «Was – hättest – du – gesagt – wenn – ich – mit – Ja – geantwortet – hätte?»

Carlo räusperte sich und fuhr sich mit dem Handrücken über den Kinnbart. Dann begann er an seinem Schlafsack herumzunesteln. «Weiss nicht», antwortete er schliesslich mit einem Schulterzucken. «Wahrscheinlich hätte ich … Warum … Warum?, hätte ich wohl gefragt … oder so … Aber da du ja nichts damit zu tun hast, erübrigt sich …»

«Ich war's!», fiel Tom ihm ins Wort.

33

Toms Worte trafen ihn wie einen Rammbock. Stöhnend liess er sich hintenüber aufs Bett fallen. Dann lag er reglos da, starrte mit ausgebreiteten Armen an den Bushimmel.

«Also doch», dachte er. «Der Idiot hat es tatsächlich getan!» Es begann zu klopfen in seinem Kopf und er war ausserstande, auch nur einen einzigen klaren Gedanken zu fassen.

«Ich habe das nicht geplant!», fügte Tom nach endlos langen Sekunden des Schweigens in ruhigem und emotionslosem Ton hinzu. «Und ganz sicher nicht gewollt! Es ist einfach …»

«Stop!», fiel Carlo ihm energisch ins Wort und schlug sich die Hände vors Gesicht. Sekunden später richtete er sich auf und wiederholte es leise mit erhobenem Zeigefinger: «Stop!» Er sah Tom an, der – soweit er es bei dem schwachen Licht beurteilen konnte – keine Miene verzog. «Ich will nichts mehr davon hören. Für das, was du getan hast, kann es keine Entschuldigung geben.» Er deutete auf das Tablet, das neben ihm auf dem Bett lag und auf dessen Display immer noch die Schlagzeile des *Blick*-Artikels leuchtete: *Mysteriöser Doppelmord am Südportal des Belchentunnels*. «Scheisse, Tom, du kannst doch nicht einfach losziehen und mal eben ein paar Leute umlegen! So im Vorbeigehen …»

«Wie gesagt», hob Tom wieder an. «Ich wollte nur …»

«Interessiert mich nicht! Mir egal!» Carlo unterstrich seine Worte mit einer energischen Geste und einem heftigen Kopfschütteln. «Wenn die beiden nicht jemanden aus deiner Familie oder deine Partnerin umgebracht oder vergewaltigt haben, gibt es keine Rechtfertigung, so etwas zu tun!» Carlo hieb mit der Faust auf seinen Oberschenkel, um seinen Worten mehr Gewicht zu verleihen. «Keine! Und du, Tom, hast gar keine Familie! Und auch keine Partnerin!»

Tom drehte den Kopf zur Seite. Er schob das Rollo am Fenster halb hoch und sah gedankenverloren in die Nacht hinaus.

«Du hast gesagt, du hättest nach dem Warum gefragt.»

Carlo beobachtete ihn, wie er mit dem Finger Figuren auf die beschlagene Fensterscheibe zeichnete. «Ja. Habe ich», gab er schliesslich zu. «Aber das spielt keine Rolle. Das war einfach so dahingesagt. Wir sprechen hier und jetzt von einem richtigen Mord, Tom! Du bist ein Scheissdoppelmörder. Was du gemacht hast, ist un-ent-schuld-bar! Du musst dich stellen! Heute noch!»

Tom zog das Rollo langsam wieder herunter. «Nein!», sagte er bestimmt, rieb seine Handflächen an den Hosen und sah Carlo trotzig an.

Erst jetzt wurde Carlo bewusst, in welcher Situation er sich befand. Als Mitwisser allein mit einem nicht überführten Doppelmörder! In einem kleinen Bus! Wahrscheinlich weit und breit keine anderen Menschen – die waren alle vorne auf dem Festplatz! Urplötzlich fühlte er sich bedroht von dem massigen Kerl, der so ruhig vor ihm auf seinem Stühlchen sass. Langsam rutschte er auf dem Bett Zentimeter um Zentimeter kopfwärts und versuchte dabei unauffällig in die Spalte zwischen der Matratze und der Seitenwand des Busses zu greifen.

«Du kannst dein Messer dort lassen, wo es ist», sagte Tom mit einem schiefen Lächeln. «Aber es schmeichelt mir, dass du Schiss vor mir hast.»

Carlo fühlte sich extrem ertappt, machte aber eine abschätzige Geste. «Blödsinn! Ich habe null Schiss. Wieso sollte ich …»

Tom liess ihn nicht ausreden. «Hör zu, ich mache dir einen Vorschlag. Du hörst mir einen Moment zu und ich erzähle dir, was genau passiert ist. Und warum es passiert ist. Du schläfst eine Nacht darüber – und wenn du morgen immer noch der Meinung bist, ich müsse mich stellen … tja … dann werde ich das tun. Einfach nicht hier. Zuhause.» Er legte seine rechte Hand ans Herz. «Versprochen!»

Carlo sagte nichts, sah Tom nur mit skeptischem Blick an. Er hatte keineswegs die Absicht, sich auf irgendeinen Deal mit ihm einzulassen. Zu seinem Komplizen zu werden. Ihn zu decken. Er selber war ja auch kein Unschuldslamm, hatte in seinem Leben schon den einen oder anderen Blödsinn angestellt. Trunkenheit am Steuer, Zigaretten klauen, zu schnell fahren. Und wegen einer Schlägerei hatte er auch schon einmal eine Nacht im Knast verbracht. Aber was Tom in diesem Haus in Hägendorf angerichtet hatte, war etwas anderes ... brutal und sinnlos. Abscheulich. Einem kleinen Kind die Eltern zu rauben ... einfach mal so. Das konnte und wollte er nicht gutheissen. Ganz egal, welche Geschichte Tom ihm auch auftischen wollte! Falls Tom sich nicht selber stellen würde – diese Möglichkeit wollte er ihm zumindest zugestehen –, würde er seine Pflicht erfüllen und die Polizei informieren. Keine Frage!

Toms rechte Hand lag immer noch über seinem Herz.

«Meinetwegen», grummelte Carlo. «Dann schiess los!»

Tom nickte kaum merklich. Dann wanderte seine Hand zur rechten Gesässtasche.

34

Nachdem Tom die Ereignisse in allen Einzelheiten geschildert hatte, beugte er sich vor, streckte seinen Arm aus und nahm dem wie versteinert dasitzenden Carlo behutsam die Spielquittung aus der Hand. Er faltete sie langsam und sorgfältig zusammen und verstaute sie im Portemonnaie.

«Tja ...», Tom rieb sich die Augen, «... jetzt weisst du alles.»

Carlo reagierte nicht. Er glotzte Tom nur mit herunterhängender Kinnlade an, was ihm einen ziemlich dämlichen Gesichtsausdruck verlieh, wie Tom fand.

«Alles gut mit dir?», fragte Tom und musste sich eingestehen, dass er Carlos Anblick genoss. So hatte er ihn noch nie erlebt. Diesen Ausdruck! Diese abgrundtiefe Verwunderung! Oder war es mehr Ungläubigkeit? Verdutztheit? Oder Abscheu? Angst vielleicht? Ja, Angst war sicher dazugekommen, spätestens als er Carlo geschildert hatte, wie er die beiden mit eigenen Händen umgebracht hatte. Jedenfalls keine Wut. Und kaum oder nur wenig Empörung. Was Tom als gutes Zeichen deutete, da er nicht damit rechnen musste, dass Carlo ausflippen und ihn sofort an die Polizei verpfeifen würde. Hatte er in seinen Augen sogar Gier aufflackern sehen, als er ihm die Spielquittung präsentiert hatte? Das wäre noch besser. Wahrscheinlich war es eine Mischung von allem.

Da Carlo immer noch nicht reagierte, schnippte Tom mit den Fingern vor seinem Gesicht herum, als wolle er ihn aus einer Hypnose befreien. «Hallo ... Erde an Carlo ... what is your position?»

Mit einem Seufzer tauchte Carlo aus seinem tranceartigen Zustand auf. Er wirkte auf Tom, als würde er aus einem langen, tiefen Schlaf erwachen. Wie Dornröschen. Dornröschen mit Kinnbart. Carlos Blick wanderte sofort zu Toms Portemonnaie, welches er noch in den Händen hielt.

«Scheisse! Das glaube ich ja alles nicht!», brummte er leise. Er sah Tom kurz in die Augen. «Du bist wirklich ein krankes Arschloch.» Dann schüttelte er den Kopf und sein Blick richtete sich wieder auf das Portemonnaie.

«Mag sein.» Tom zuckte mit den Schultern. «Es ist, wie es ist. Passiert ist passiert.» Er tastete nach dem Griff der Schiebetür. «Es war keine vorsätzliche Tat», betonte er noch einmal. «Ich bin da einfach reingeschlittert. Wie gesagt ... denk darüber nach ... wenn du morgen noch der Meinung bist, ich müsse mich stellen, dann werde ich das tun. Aber ich möchte dir ...»

«Nein!» Carlo schüttelte energisch den Kopf. «Da gibt es nichts nachzudenken!» Seine Stirn legte sich in tiefe Falten und er zeigte mit dem Finger auf Tom. «Dafür musst du geradestehen, mein Lieber. Das kann ich dir jetzt schon sagen! Falls du ...»

«Moment!» Tom hob die Hand wie ein Verkehrspolizist. «Lass mich ausreden! Also ... ich möchte dir einen Deal vorschlagen.»

84

Carlo verstummte, liess den anklagenden Finger langsam sinken und seine Stirn schien sich ein wenig zu glätten.

«Fifty – fifty», hauchte Tom und zwinkerte Carlo zu. «Zwölf Millionen für jeden!» Dann öffnete er die Schiebetür. «Überleg es dir!» Er stieg aus und schickte sich an, die Tür wieder zu schliessen.

«Warte, warte, warte … Moment …» Carlo streckte die Hand nach Tom aus. «Komm noch mal rein! Schliess die Tür!»

35

«Dann gehen wir jetzt gemeinsam zurück zum Festplatz und schlagen uns mit den anderen die Nacht um die Ohren», schlug Tom eine halbe Stunde später vor. «Dort bin ich vor dir sicher.» Er lachte und tippte dabei vielsagend auf die rechte Gesässtasche.

«Gleichfalls», raunzte Carlo.

Minuten später sassen beide wieder mit den Österreichern und den Holländern am Tisch und frönten dem fröhlichen Beisammensein.

Als es gegen Mitternacht zuging und sie ihren Rückstand an Bierkonsum längst aufgeholt hatten, fragte Alois mit vom Mitsingen und lauten Sprechen heiserer Stimme in die Runde, wer denn ausser ihm Lust auf eine Currywurst mit Pommes frites habe. Carlo hatte, Tom hatte und einer der Holländer hatte. «Also viermal Currywurst mit Pommes», resümierte Alois mit schwerer Zunge. «Kommt sofort!» Er stand auf und machte sich breitbeinig auf zum Wurststand. «Ihr seid eingeladen», rief er über die Schulter zurück, «aber sorgt dafür, dass genug Bier auf dem Tisch steht, wenn ich zurückkomme! Das Zeug muss ordentlich runtergespült werden.»

«Warte!», rief Tom ihm nach. «Ich komme mit. Kannst ja nicht alles selber tragen!» Er stand auf und folgte Alois. Am Wurststand mussten sie etwa eine Viertelstunde anstehen, bis Alois die Bestellung aufgeben und zahlen konnte. Vom Kassier bekam er vier weisse Coupons in die Hand gedrückt, mit welchen die Würste wenige Meter weiter vorn beim Grill bezogen werden konnten. Zwei Coupons überreichte er wortlos Tom. Beim Grill mussten sie sich noch einmal zehn Minuten gedulden, bis sie an der Reihe waren. Alois kam zuerst dran. Danach bahnten sie sich den Weg durch das Getümmel zurück zu ihrem Tisch. Alois ging voraus. Tom schaffte es, seine Fracht weitgehend vollständig und unbeschadet ans Ziel zu bringen, während ein Teil von Alois' Pommes frites und auch das eine oder andere Stück Wurst im wahrsten Sinne des Wortes auf der Strecke blieben. Am Tisch bediente Tom Carlo mit der einen Portion und behielt die andere für sich. Nachdem er und Alois sich hingesetzt hatten, wünschte man sich einen guten Appetit und machte sich über den Inhalt der Papierteller her.

Die Band gab gerade *Ring of Fire* von Johnny Cash zum Besten, und wer am Tisch – oder überhaupt auf dem Festgelände – nicht einen vollen Mund hatte, sang kräftig mit. Plötzlich begann Carlo, der rechts neben Tom sass, sich zu räuspern. Dazu griff er sich an die Kehle. Tom konnte es wegen des Lärms nicht hören, aber er sah, dass Carlo schwer atmete.

«Was ist? Hast du dich verschluckt?», rief Tom gegen den dröhnenden Refrain von Johnny Cashs Song an. *The ring of fire, the ring of fire …*

Carlo schüttelte energisch den Kopf und wandte sich Tom zu. Der erschrak, als er Carlos Gesicht sah: Lippen wie ein kleines Schlauchboot, aufgedunsene Augenlider, landkartenartige rote Hautflecken und eine mit zahllosen Schweissperlen übersäte Stirn. Carlo schien etwas zu sagen, aber Tom konnte nichts verstehen. Er hielt sein rechtes Ohr dicht vor Carlos Mund. «Keine … Luft …»

Tom sah sich um. Die anderen am Tisch und in der näheren Umgebung schienen ihre ganze Aufmerksamkeit auf die Bühne zu richten. Die meisten waren aufgestanden, applaudierten und pfiffen der Band zu. Niemand ausser ihm schien von Carlos Zustand etwas mitzubekommen.

Carlo versuchte nach Luft ringend aufzustehen, schaffte es aber irgendwie nicht, hochzukommen. Dann klammerte er sich mit einer Hand an Toms Lederjacke, mit der anderen griff er in seine Hosentasche und holte den VW-Schlüssel hervor. Er zog Tom näher zu sich und drückte ihm den Schlüssel an die Brust. «Epipen …», keuchte er kaum verständlich, «… im Handschuhfach.»

Carlos Augen waren jetzt fast komplett zugeschwollen, wie bei einem Boxer nach zwölf schweren Runden. Als Tom nicht sofort reagierte, stiess Carlo ihn weg und drehte sich stattdessen Alois zu, der auf der anderen Seite neben ihm stand und der Band zujubelte. Er tastete nach Alois, packte ihn am Ärmel und versuchte, ihn zu sich runterzuziehen.

«Ach, du Scheisse!», schrie Alois, als er mit glasigen Augen zu Carlo runtersah. Entsetzt griff er sich an den Kopf. «Was ist denn mit dir los?»

Carlo rang weiter nach Luft und versuchte immer wieder aufzustehen. Da Alois keine Antwort bekam, richtete er sich mit verzweifeltem Ausdruck an Tom. «Was um Himmels willen ist los mit ihm?»

Noch bevor Tom etwas sagen konnte, begann Alois wie wild die um ihn stehenden Leute anzustossen. «Wir brauchen einen Notarzt!», kreischte er in die Runde. «Sofort! Ruft einen Notarzt! Der Mann hier kriegt keine Luft!»

Er wandte sich wieder Carlo zu. «Ist dir etwas im Hals stecken geblieben?» Ohne auf eine Antwort zu warten, schlug er zweimal mit aller Kraft auf Carlos Rücken. Ohne Erfolg. Und als er wieder zuschlagen wollte, wehrte Carlo ihn wild gestikulierend und mit energischem Kopfschütteln ab.

Tom beobachtete die Szenerie wie gelähmt.

Sekunden später erschlaffte Carlo und drohte von der Bank zu kippen. Alois reagierte erstaunlich rasch, trat hinter ihn, umklammerte seinen Oberkörper mit den Armen, zog ihn rückwärts von der Bank und legte ihn auf den Boden. Am Boden liegend regte sich Carlo plötzlich wieder, begann zu zappeln und versuchte, sich nach Luft schnappend aufzurichten.

«Jetzt ruft doch endlich einen Notarzt!», schrie Alois wieder in die Runde, während die Band munter weiterspielte, unterstützt von den Gesängen des Publikums.

«Notarzt ist unterwegs», rief einer der Umstehenden.

«Im Liegen kriegt er noch weniger Luft», brachte Tom sich ein. «Wir müssen ihn aufrichten!» Er zog Carlos Oberkörper an den Armen hoch. «Knie dich hinter ihn», befahl er Alois, «so dass er sich an dich lehnen kann!»

Alois tat wie geheissen. Zu nützen schien auch das nichts. Und wenig später musste Tom, wie die anderen taten- und hilflos herumstehenden Menschen, erkennen, dass Carlos verzweifeltes Ringen nach Luft zu erlahmen schien. Sein Zappeln wurde schwächer, der Körper schlaffer. Eigentlich war da nur noch das Schnappen nach Luft. Alle paar Sekunden. Wie ein Fisch, der auf dem Trockenen liegt. Ein Fisch mit dunkelblau angeschwollenem Kopf.

Dann drängte sich Antje, die Holländerin und Schwester von Angela Merkel, energisch zwischen den Umstehenden hindurch. Sie trat neben Carlo, ging in die Hocke und tastete am Hals nach seinem Puls, während sie mit besorgter Miene sein Gesicht betrachtete.

«Er hat noch einen schwachen Puls», konstatierte sie. «Schnappatmung!»

«Wir müssen ihn beatmen!», forderte Alois verzweifelt.

«Wie denn?», sagte Antje. «Ist ja alles zugeschwollen.» Dann stand sie auf, machte entschlossen kehrt und stiess Tom und den neben ihm stehenden Franz grob zur Seite. «Platz da!», schnauzte sie, eilte um den Tisch herum, an welchem sie kürzlich noch gesessen hatte, bückte sich und kam mit einem kleinen Rucksack zurück. Sie stellte den Rucksack neben Carlo ab, öffnete ihn hastig und fischte ein pinkfarbenes Etui heraus. Dem Etui entnahm sie zwei längliche Gegenstände, die aussahen wie dicke Filzstifte. Tom konnte den Aufdruck auf dem Etui entziffern: *Allergy Emergency Kit*. Sie nahm einen der Stifte in die Hand wie einen Dolch, mit der anderen drückte sie Carlos rechtes Knie zu Boden. Dann zog sie mit den Zähnen etwas aus dem oberen Ende des Stifts heraus, als würde sie eine Flasche entkorken, und spuckte das Teil aus, direkt vor Toms Füsse. Ohne zu zaudern, rammte sie den Stift in Carlos rechten Oberschenkel. Nach etwa zehn Sekunden zog sie ihn wieder zurück und warf ihn beiseite. Sie ergriff den zweiten Stift und wiederholte das Prozedere.

Mittlerweile hatte die Band aufgehört zu spielen.

36

Den Epipen hatte Tom rasch gefunden. Wie Carlo gesagt hatte: im Handschuhfach. In einem Etui mit der Aufschrift *Allergy Emergency Kit*. Exakt das gleiche, wie Antje hatte – nur grün, anstatt pink. Darin zwei Autoinjektoren. *Adrenalin, 0,3 mg* stand darauf. Tom faltete den Zettel auseinander, der im Etui lag. Die Anwendung schien einfach, war klar beschrieben und bebildert. Blauen Deckel entfernen. Pen mit oranger Spitze am äusseren Oberschenkel aufsetzen. Kräftig drücken, bis die Nadel in den Oberschenkel eindringt. Drei Sekunden warten. Arzt aufsuchen.

«Mist!», entfuhr es ihm. Genervt stopfte Tom den Zettel und die Pens wieder ins Etui und warf letzteres zurück ins Handschuhfach. Dreimal musste er die Abdeckung zuschlagen, bis sie endlich einrastete. Danach sah er sich noch kurz um, bevor er ausstieg und die Tür abschloss. Er ging einmal um den Bus herum und kontrollierte, ob alle Türen und Fenster verschlossen waren.

Dann stieg er in seinen Bus. Drinnen holte er eine kleine braune Flasche aus der Innentasche seiner Lederjacke und betrachtete einen Moment lang die Etikette. *Kikkoman Sojasauce.* Er strich mit dem Daumen über die Etikette und überlegte, ob und wo er die Flasche entsorgen sollte.

Montag, 16. September 2019

37

Tom war die ganze Nacht durchgefahren. Nur zwei kurze Pausen hatte er sich gegönnt, um zu tanken, Kaffee zu trinken, zu rauchen und zu pinkeln. In den frühen Montagmorgenstunden, kurz vor fünf Uhr, war er hundemüde zu Hause eingetroffen. Am Turnweg, im Berner Lorraine-Quartier.

Er hatte den Bus auf dem Kiesplatz vor dem alten Mehrfamilienhaus abgestellt, in welchem er seine Dreizimmer-Parterrewohnung hatte. Ausser dem Handy und der Lederjacke hatte er alles im Wagen gelassen. Erst mal schlafen! Er hatte nur einen kurzen Blick in die zwei Terrarien im «Kinderzimmer» geworfen, und nachdem er sich vergewissert hatte, dass es deren Bewohnern gut ging, hatte er die Schuhe abgestreift und sich voll bekleidet aufs Bett fallen lassen. Er war sofort eingeschlafen.

Kurz vor halb neun hatte ihn das Telefon geweckt. Sein Chef hatte sich nach seinem Verbleiben erkundet – eigentlich hätte er um sieben seinen Dienst antreten sollen.

«Bin krank, habe Fieber», hatte Tom nur geantwortet, aufgehängt, sich umgedreht und weitergeschlafen. Etwas, das er sich bis vor kurzem nie erlaubt hätte. Aber mit der Aussicht auf vierundzwanzig Millionen – oder jetzt halt doch nur auf deren zwölf, denn Carlo schien die Sojaattacke weitgehend unbeschadet überstanden zu haben – war es zweifellos eine Spur einfacher, sich gewisse Freiheiten herauszunehmen.

Kurz nach Mittag war er erwacht. Mit einem verkaterten Kopf, als hätte er die ganze Nacht durchgezecht. Eine halbe Stunde später, nach zwei Kaffees, einem Beutel seines Kopfwehpulvers und einer Dusche, fühlte er sich wieder einigermassen fit.

Carlo war im Krankenhaus, oben in Deutschland geblieben. Ein, zwei Tage wollten sie ihn dort noch behalten. Um sicher zu sein, hatte es geheissen. Es sei ein Wunder, dass Carlo noch lebe, hatte ihm der Schnösel von einem Assistenzarzt gestern offenbart. Die beiden Adrenalinspritzen hätten ihm in buchstäblich letzter Sekunde das Leben gerettet.

Antje, die blöde Kuh … Aber irgendwie war Tom auch erleichtert. Den Versuch war es trotzdem wert gewesen! Zwölf Millionen wert! Aber … jetzt halt …

Mit Carlo hatte er auch noch gesprochen, bevor er losgefahren war. Der konnte sich offenbar nicht mehr an alles erinnern, was Tom das Lügen erleichtert hatte. Carlo wusste nur noch, dass es beim Essen der Currywurst begonnen hatte. Und dass er Todesangst gehabt habe. Was ja irgendwie verständlich war, wie Tom ihm versichert hatte. Er, Tom, sei ja auch froh gewesen, dass Antje die beiden Epipens dabei gehabt habe – das war die eine Lüge gewesen. Weil er, Tom, noch immer im Bus am Suchen nach den Dingern gewesen sei, als sie ihm die Injektionen verpasst habe – das war die andere Lüge gewesen.

«In Zukunft musst du das Notfallset halt stets auf Mann tragen», hatte er Carlo noch geraten. «Im Bus oder zu Hause nützt es dir weiss Gott nichts!»

Und er hatte ihm angeboten, zu bleiben und später mit ihm zusammen den Heimweg anzutreten – wohl wissend, dass Carlo kategorisch ablehnen würde. Er komme schon zurecht, hatte er ihm versichert und darauf bestanden, dass Tom wie geplant abreise.

Was Tom nicht wusste und nicht abschätzen konnte, war, ob Carlo ihn im Verdacht hatte. Wenn ja, hatte er sich nichts anmerken lassen. Und offenbar hatte er auch vor, ihre Abmachung einzuhalten, denn kurz bevor er gegangen war, hatte Carlo ihn im Beisein einer Pflegerin noch mit verschwörerischem Blick aufgefordert, «zu Hause möglichst rasch die anstehenden Dinge zu regeln».

Genau das hatte er auch im Sinn. Aber zuerst musste er alles noch einmal in aller Ruhe durchdenken. Sich zurechtlegen, wie genau er vorgehen wollte.

Im *Blick* fand er nur eine kurze Meldung zum *Doppelmord von Hägendorf*, aus der hervorging, dass man auf Grund der Spuren von einem Einzeltäter ausging. Angaben zum *Motiv für die Schreckenstat* oder nähere Angaben zum Täter könne man nicht machen. Und die Leserschaft wurde aufgefordert, sich zu melden, falls man in der Tatnacht irgendwelche aussergewöhnlichen Beobachtungen gemacht habe. In *20 Minuten* fand er gar nichts.

«So weit, so gut», dachte Tom. Er steckte eine Kapsel in seine Kaffeemaschine und schaltete das Gerät ein. Während die Tasse sich langsam füllte, liess er den Blick durch die schmale Küche schweifen. Über die vollen Regale, auf denen er ohne Sinn und Ordnung alle möglichen Dinge abgestellt oder abgelegt hatte: Bücher, Gewürze, YB-Wimpel. Fotorahmen mit Aufnahmen seines Busses. Oder seines blauen *Subaru Impreza* mit den goldenen Felgen. Medikamente, CDs, VW-Bus-Modelle, Papiertaschentücher. Dann über die Pinnwand aus Kork mit den zahllosen Zettelchen, Quittungen und Einkaufsgutscheinen. Über das mit Reissnägeln wenig sorgfältig an die Wand geheftete Poster der YB-Meistermannschaft 2018 und über den Kalender mit den Reptilienmotiven. Dann betrachtete er den kleinen Kunststofftisch mit den beiden Stühlen. Alles – Tisch und Stühle – war fast vollständig mit Zeitschriften und allerlei Krimskrams belegt. Gegessen hatte er hier seit einer Ewigkeit nicht mehr. Er ging jeweils entweder ins Wohnzimmer und ass auf dem Sofa beziehungsweise vor dem Fernseher oder, wenn das Wetter es zuliess, draussen auf dem Gartensitzplatz.

«Viel zu viel Plunder», dachte er. Das meiste davon würde er bald wegschmeissen.

Er nahm die Kaffeetasse und öffnete die Tür, die von der Küche direkt auf seinen Gartensitzplatz ging. Es war angenehm warm draussen. Ein Blick nach oben zeigte ihm einen nahezu wolkenlosen Himmel. Von Süden her blendete die Mittagssonne, im Westen zogen zwei Militärjets weisse Kondensstreifen hinter sich her, während der Lärm, den sie verursachten, ihnen nur mit grossem Abstand zu folgen vermochte.

Er stellte die Tasse auf den kleinen Metalltisch, der nahe an der Hauswand unter seinem WC-Fenster stand. Dann kurbelte er die Sonnenstore herunter, nahm den Sack mit der Grillkohle vom Stuhl und setzte sich hin. Der Kaffee war noch heiss. Er blies zweimal in die Tasse, bevor er vorsichtig einen Schluck daraus schlürfte.

Drei mal vier Meter gross war sein Sitzplatz. Also, die Fläche mit den Bodenplatten. Darum herum hatte es noch ein wenig Buschwerk, das von einem halbhohen Lattenzaun umfasst wurde. Seine Wohnung war eine Eckwohnung. Links vom Sitzplatz verlief der Turnweg, rechts an seinen Platz angrenzend und durch einen Holzparavent abgetrennt, war der Sitzplatz von Hugentobler, dem pensionierten und verwitweten Schuhmachermeister. Und von dessen beiden Katzen, die mitunter auch bei ihm zu Gast waren. Dafür sah Hugentobler jeweils bei ihm nach dem Rechten, wenn er mal abwesend war. Nach seinen Babys, Conny, der dreijährigen Kornnatter, und Edmund, dem Leopardgecko mit seinen zwei Gespielinnen Gloria und Marilyn.

Drei mal vier Meter. Das wären dann wahrscheinlich in etwa die Masse der Zelle, die er bewohnen würde, falls sie ihn schnappen würden. «Schon nicht sehr gross», dachte er, verscheuchte den Gedanken aber sofort wieder.

Er sah sich kurz um, dann klaubte er die Spielquittung aus seinem Gürtel. Diesmal ging es ihm nicht um die Zahlen. Er

94

betrachtete den Schein mit der Frage, welche Informationen er sonst noch enthielt. Informationen, die die Person, welche den Schein erworben hatte, kennen müsste. Zum Beispiel an welchem Tag der Lottoschein gespielt wurde. Wo? Um welche Zeit? Solche Fragen könnten ihm gestellt werden, wenn er sich damit bei Swisslos als Gewinner melden würde. Er versuchte, sich zu erinnern, ob die beiden an jenem Abend noch irgendetwas gesagt hatten, was ihm hätte nützlich sein können. Aber es kam ihm nichts in den Sinn. Also würde er jetzt Lotto spielen müssen und dann versuchen, die Angaben auf der Quittung zu interpretieren und mit dem Gewinnschein zu vergleichen.

38

Sein Gesicht war noch ein wenig aufgedunsen, die Lippen und Lider leicht geschwollen.

«Sieht immer noch Scheisse aus», konstatierte Carlo kaum hörbar und gab der Pflegerin den Handspiegel zurück.

«Aber viel besser als gestern», versuchte sie ihn aufzumuntern. Sie legte den Spiegel beiseite «Am Ende werden Sie sich wider Erwarten noch als schöner Mann entpuppen.» Sie lachte und zwinkerte ihm zu, während sie an der Infusionsflasche herumhantierte.

«Worauf Sie wetten können.» Er sah ihr einen Moment lang zu, dann betrachtete er nachdenklich die verschiedenen Einstichstellen an seinen Armen mit den bläulichen Hautverfärbungen. «War wohl nicht so einfach, richtig zu treffen?»

«Nein, einfach war's nicht», meinte sie trocken, «aber jetzt läuft die Infusion gut. Alles bestens.» Dann kontrollierte sie den Sitz der Blutdruckmanschette an seinem Oberarm und den des Puls- und Sauerstoffmessgeräts, das wie ein überdimensionaler Fingerhut auf seinem linken Zeigefinger sass. «Alles bestens», wiederholte sie. «Und? Brauchen Sie noch etwas?»

Carlo schüttelte den Kopf. «Danke.»

«Gut. Dann sehe ich nachher wieder nach Ihnen.» Sekunden später verliess sie das Dreierzimmer, in welchem er alleine lag.

Carlo sah auf die Uhr. Kurz vor elf. «Tom müsste eigentlich jetzt zu Hause sein. Komisch, dass er sich nicht gemeldet hat. Hoffentlich ist nichts passiert», dachte er. Und er dachte es nicht wegen Tom, sondern wegen des Scheins, den er bei sich hatte.

Schon extrem schräg, wie sich die Dinge in den letzten Tagen und Stunden entwickelt hatten. Die Geschichte der Weissen Frau. Der Doppelmord. Dann die Sache mit dem Geld. Sein Deal mit Tom. Und kaum hatte er diesen Pakt mit Tom geschlossen – und damit gewissermassen mit dem Teufel – wollte ihn der, also der Teufel, auch gleich zu sich holen. Er starrte gedankenverloren an die weisse Decke, an welcher eine Fliege herumspazierte.

Er konnte sich nicht mehr an alles erinnern, was passiert war. Er wusste noch, dass er beim Essen plötzlich ein Kribbeln verspürt hatte, zuerst an den Lippen, dann im Mund und im Hals und sehr schnell am ganzen Körper. Dann wurde ihm schwindelig und er bekam Atemnot. Panik. Todesangst. Er wusste auch, dass er versucht hatte, Tom klarzumachen, dass er das Notfallset benötige, das er im Handschuhfach des Busses mitführte. Soweit er sich erinnern konnte, schien Tom nicht zu begreifen, was er wollte. Danach … Filmriss! Aber offenbar hatte Tom doch noch richtig reagiert – wenn auch nicht schnell genug. Zum Glück war Antje auch Allergikerin und hatte ihre Notfallmedikamente bei sich getragen. Sie, die ihn zuvor doch ziemlich genervt hatte, hatte ihm zweifellos das Leben gerettet. Tom wäre wahrscheinlich zu spät gekommen.

Die Fliege an der Decke machte einen kurzen, nervösen Rundflug und landete wenige Zentimeter weiter rechts wieder an der Decke.

Tja, seine Rettung hatte Tom gewissermassen zwölf Millionen gekostet. Was mag in ihm vorgegangen sein? Was war Tom durch den Kopf gegangen, als klar wurde, dass er heil davonkommen würde? Was mag in seiner Gefühlswelt überwogen haben? Die Freude darüber, dass er, sein Freund, überleben würde? Oder der Ärger, weil ihn dieses Überleben doch ziemlich teuer zu stehen kam? Waren sie überhaupt Freunde? Oder doch nur Kumpel?

Die Fliege landete am Fussende auf seiner Bettdecke. In hektischem Zickzack und in kleinen Etappen trippelte sie ihm entgegen.

Draussen, vom Korridor her, hörte er ein Piepen. Jemand lief im Laufschritt an seinem Zimmer vorbei. Sekunden später das Rollen und Scheppern eines Wagens. Oder einer Transportliege. Wahrscheinlich wieder ein Notfall. Er sah zu seiner Infusionsflasche hoch. Mit beruhigender Regelmässigkeit tropfte es in die kleine Luftkammer unter der Flasche. Alle zwei Sekunden etwa. Er seufzte und streckte die Beine unter der Decke, was der Fliege offenbar missfiel. Sie hob blitzschnell ab und nach einem kurzen, kurvenreichen und wirren Irrflug landete sie wieder an der Decke.

Bis vor kurzem hatte er geglaubt, Tom einigermassen gut zu kennen. Zu wissen, wie der tickte. Aber offenbar hatte er sich doch ziemlich getäuscht. Nie hätte er gedacht, dass Tom … Aber: Ja, er war halt ein Choleriker. Lang nicht mehr so schlimm wie in jungen Jahren, als er des Öftern aus nichtigen Gründen ausrastete. Vor allem als Goalie, damals beim FC Ostermundigen. Er war ein totaler Spinner gewesen. Ein Heissssporn ohnegleichen. Allerdings hätte er bis vor kurzem auch nie gedacht, dass er, Carlo, jemals zum Komplizen eines Mörders würde. Und sich selber kannte er ja noch länger und noch besser als Tom! Wie gut kannte Tom eigentlich ihn? Auf jeden Fall so gut, dass er von seinen Allergien wusste! Von seinen gefährlichen Allergien.

Die Fliege landete auf seinem Bauch und er verscheuchte sie mit einer raschen Handbewegung.

Unbehagen stieg in ihm hoch.

39

An der Busstation Lorraine, nur drei Minuten Fussweg von seiner Wohnung entfernt, stieg Tom in den 18er-Bus. Richtung Innenstadt. Er hatte sogar ein Ticket gelöst, was er selten tat. Aber irgendwie war sein Bedarf an unerlaubten Handlungen gedeckt. Er blieb in der Nähe der Tür stehen, obschon – jetzt mitten am Nachmittag – fast alle Sitzplätze frei waren. Zwei Stationen weiter, am Bollwerk, stieg er aus und ging langsam Richtung Bahnhof. Die Hüfte machte ihm wieder zu schaffen. Sein Ziel war der Bahnhofkiosk rechts neben dem Aufgang vom Bollwerk zur Kurzparkingterrasse. Er nahm die Rolltreppe.

«Hallo Tina!»

Tina arbeitete schon seit vielen Jahren hier. Eine kleine, zierliche Person mit frecher, brauner Bob-Frisur und einer modischen, dunklen Brille, die sie mal aufgesetzt trug, mal an einem Kettchen um den Hals. Etwa in seinem Alter, immer sehr freundlich und aufgestellt. Vor einiger Zeit hatte er sie mal gefragt, ob sie mit ihm etwas trinken gehen möchte. Sie hatte nur gelacht und gesagt, hier – im Kiosk – gebe es ja genug zu trinken. Danach hatte er es nie mehr versucht.

«Hallo Tom!» Sie war gerade am Zeitungsständer damit beschäftigt, einzelne Exemplare zurechtzurücken. «Und? Wie war's in Deutschland?»

Tom schluckte leer. Er hatte vergessen, dass er ihr von der Reise erzählt hatte.

98

«Cool! Sehr cool …» Er hob den Daumen. «Hat Spass gemacht …»

«Schön!» Sie wandte sich vom Zeitungsständer ab, trat hinter die Theke und stieg auf das hölzerne Podest, welches Tom ihr gezimmert hatte – obwohl sie ihm einen Korb gegeben hatte, notabene. Damit sie ihre Kundschaft nicht von ganz so tief unten über die Theke hinweg bedienen musste. «Zigaretten und Toblerone, wie immer?»

Tom nickte. «Was denn sonst!» Er lächelte. «Uuuund …» Tom hob den Zeigefinger und trat zum Gestell mit den Lottoscheinen. «… heute wird wieder einmal Lotto gespielt!»

«Nur zu», ermunterte ihn Tina, während sie Toms Zigaretten und die Toblerone auf die Theke legte.

Tom griff nach einem Schein und kreuzte die Zahlen an, ohne zu überlegen und ohne überhaupt recht hinzuschauen. Nur zwei Tipps. Für insgesamt fünf Franken. Das reichte. Er musste ja nicht unbedingt gewinnen.

«Nicht mehr viel im Jackpot», konstatierte Tina, während sie den Schein an ihrem Terminal einlas. «Hättest letzte Woche spielen müssen! Nur ein Gewinner! Vierundzwanzig Millionen! Zwölf für jeden, falls auch du gewonnen hättest.» Sie lachte kurz auf.

Wieder musste er leer schlucken. «Wenn du wüsstest …», dachte er. Er bezahlte, steckte die Toblerone und die Zigaretten ein und griff nach der Spielquittung, die Tina ihm über die Theke entgegenreichte.

«Viel Glück!»

«Danke!» Er starrte einen Moment nachdenklich auf den Schein. «Ähm … Tina?»

«Ja?»

«Was bedeuten eigentlich die verschiedenen Nummern hier auf dem Schein?»

Tina beugte sich vor und rückte ihre Brille zurecht. Dann griff sie nach einem Kugelschreiber, den sie als Zeigestift verwendete. «Deine gespielten Zahlen … Glückszahl … Replayzahl … Einlösedatum … Einlösezeit … der von dir bezahlte …»

«Jaja, das ist mir schon klar», unterbrach Tom sie. «Ich meine diese Nummern hier … diese … und diese. Und den Barcode.»

«Das hier ist die Nummer des Terminals. Also, meines Terminals.» Sie zeigte mit dem Stift auf die entsprechende Stelle.

«Ah … demnach hat jede Abgabestelle ihre eigene Nummer? Und die steht immer hier?»

«Genau.» Tina nickte. «Was die anderen Nummern und der Barcode genau bedeuten, weiss ich nicht.»

«Okay, danke!» Tom nickte verstehend und verstaute den Schein in seinem Portemonnaie. «Schönen Nachmittag noch», sagte er mit einer saloppen Geste.

Für den Heimweg nahm er wieder den Bus. Als er ausstieg, war es ziemlich genau halb fünf. Immer noch schönstes Wetter, immer noch angenehm warm. Er beschloss, noch rasch im *Römer* einzukehren, seiner Stammkneipe, die sowieso am Weg lag. Auf ein Feierabendbier, draussen auf der Terrasse. Kurz bevor er dort eintraf, sah er zwei ehemalige Arbeitskollegen in das Lokal eintreten. Den Läderach und den Hostettler. Er hatte die beiden schon oft im *Römer* getroffen und schon manches Bier mit ihnen getrunken, wobei die Diskussion jedes Mal und unweigerlich auf die Personalpolitik der *Migros* hinauslief. Heute hatte er keine Lust auf diese Diskussion. Er wechselte die Strassenseite und ging am *Römer* vorbei nach Hause. Dort angekommen holte er die Spielquittung aus seinem Gürtel und liess sich auf das schwarze, abgewetzte Ledersofa in seinem Wohnzimmer fallen. Er verglich den Schein mit jenem, den ihm Tina ausgehändigt hatte. «Schon verrückt», dachte er. «Sehen beide praktisch gleich aus – aber der eine ist vierundzwanzig Millionen wert, der andere wahrscheinlich nichts.» Er betrachtete und verglich die Nummern, die gemäss Tina für das Terminal standen, an welchem der Schein gespielt wurde. Wenn die von Swisslos ihn danach fragen würden, musste er eine Antwort parat haben. Datum und Zeit waren offensichtlich. Aber der Ort?

Er klappte sein Notebook auf, liess es hochfahren und googelte nach «Lottoabgabestellen». Zuoberst auf der Liste erschien die Seite von Swisslos. *Verkaufsstellen*. Er klickte die Seite an:

Unsere Verkaufsstellen
Auch vor Ort für Sie da – in der ganzen Deutschschweiz, im Tessin sowie im Fürstentum Liechtenstein.
Das Swisslos-Gebiet erstreckt sich auf 20 Kantone sowie das Fürstentum Liechtenstein und bietet Ihnen an über 4356 Verkaufsstellen die Möglichkeit, mit Zahlenlottos, Sportwetten und Losen den ganz grossen Gewinn abzuräumen. Eine Liste mit allen Verkaufsstellen finden Sie hier als PDF.

Unter dem Text war eine Schweizerkarte abgebildet, aus welcher hervorging, dass es im Kanton Solothurn 206 Verkaufsstellen gab. Er öffnete die PDF-Datei. Die Verkaufsstellen waren alphabetisch nach Kantonen gegliedert. Er scrollte nach unten zum Kanton Solothurn. Innerhalb des Kantons ging es alphabetisch nach den Ortschaften weiter. Balm, Balsthal, Bättwil, Bellach … Hägendorf. Drei Verkaufsstellen in Hägendorf: *K Shop Karsit GmbH*, *Kiosk Coop Center* und *Kiosk Shop*. Tom gab die Adressen nacheinander bei *Google Maps* ein.

Der *K Shop Karsit* befand sich beim Bahnhof Hägendorf. Der *Kiosk Shop* lag an der Solothurnerstrasse, der Hauptstrasse, welche das Dorf von Südwesten nach Nordosten durchschnitt. Der *Kiosk Coop Center* lag nördlich der Solo-

thurnerstrasse und damit geographisch am nächsten zum
Wohnort seiner Opfer. Wenn er Glück hatte, wurden die Gewinnzahlen an einem dieser drei Terminals gespielt. Und
zwar am 10. September, um 15 Uhr 26. Also mitten am
Nachmittag. Am Tag vor der Ziehung. Ein gewöhnlicher
Dienstag also. Morgen musste er nach Hägendorf fahren und
auch dort Lotto spielen.

Dienstag, 17. September 2019

40

Tom sah auf die Uhr. Zehn nach zwei.

Die Schüssel mit den restlichen Spaghetti kam in den Kühlschrank. Dann schloss er den Geschirrspüler und schaltete ihn ein. Er wischte mit einem feuchten Lappen noch einmal über die Küchenkombination und hängte ihn an den Haken oberhalb der Spüle. Dann trocknete er sich die Hände ab und verliess die Küche.

Den Morgen hatte er halbwegs verschlafen. Er war erst kurz vor zehn erwacht. Nach zwei Tassen Kaffee und der Morgentoilette hatte er sich seinen Mitbewohnern gewidmet. Hugentobler hatte sich wie immer gut um sie gekümmert – jedenfalls hatte Tom nichts Offensichtliches zu beanstanden gehabt. Aber die Terrarien hatte man wieder einmal gründlicher reinigen müssen. Und heute war Fütterungstag! Conny, der Kornnatter, servierte er alle zwei Wochen eine Frostmaus – die er natürlich zuvor auf etwa 35 bis 40 Grad erwärmen musste. Die Leopardgeckos mussten öfter gefüttert werden. Die vertilgten im Schnitt etwa zwei bis vier Insekten pro Tag. Heuschrecken, Schaben, Grillen. Und manchmal gab es noch ein wenig Mineralien und Vitamine dazu. Aber eine Fütterung drei Mal pro Woche war ausreichend. Eine gute Stunde hatte er mit der Versorgung der Terrarien verbracht, dann hatte er sich noch eine Viertelstunde mit Edmund vergnügt, der – im Gegensatz zu seinen Gespielinnen – äusserst handzahm war.

Er verliess die Wohnung und ging zum Parkplatz. Den Bus hatte er immer noch nicht ausgeräumt – aber das hatte ja Zeit. Er nahm die Nummernschilder ab und fügte sie in die Wechselrahmen des *Subaru Impreza* ein, der einige Meter neben dem Bus stand. «Als Erstes werde ich dich aus dem Leasing freikaufen», dachte er und tätschelte lächelnd das Dach des Wagens, den er sich eigentlich gar nie hatte leisten können.

Im Wankdorf nahm er die Autobahnauffahrt für die A1 Richtung Zürich. Auf Höhe der Raststätte Grauholz drückte er auf seinem Handy die Kurzwahltaste für Carlo. Nach zweimaligem Klingeln nahm Carlo ab.

«Na, Alter! Alles klar bei dir?»

«Alles bestens, danke. Bei dir?»

«Auch. Aber mich musste man ja auch nicht reanimieren!» Tom zog auf die linke Spur, um einen Sattelschlepper zu überholen. «Und? Lassen sie dich morgen springen?»

«Davon gehe ich aus. So oder so, morgen bin ich raus hier!»

«Sehr gut!» Tom räusperte sich geräuschvoll. «Haben die noch etwas herausgefunden? Ich meine, wegen deinem … wegen des Anfalls … wie es dazu kommen konnte.»

Carlo antwortete nicht sofort. Zumindest konnte Tom nichts hören. «Was den Anfall ausgelöst hat», hakte er deshalb nach.

«Nein. Nichts Konkretes. Aber es war sicher wieder Soja. Wie auch schon.»

«Hmmm …»

«Ja. Irgendeine Verunreinigung in der Currysauce. Oder in der Wurst. Etwas anderes habe ich ja nicht gegessen!»

Kurz nach Schönbühl begann es zu regnen und Tom schaltete den Scheibenwischer ein. «Muss wohl so sein», bemerkte er, bemüht, sich seine Freude nicht anmerken zu lassen, darüber, dass Carlo offenbar keinen Verdacht geschöpft hatte. «Ist halt schnell passiert», bestärkte er dessen Vermutung. «Vor allem in so einer Festzeltküche. Einmal in der Hektik den falschen Schöpflöffel erwischt – und voilà.»

«Sag ich ja.»

Einen Moment lang stockte das Gespräch.

«Oder hast du vielleicht eine andere Idee?», fragte Carlo schliesslich.

War da ein Vorwurf herauszuhören? Ein Verdacht?

«Neeein», beeilte sich Tom, ihm zu versichern. «Wird schon sein, wie du sagst. Aber wahrscheinlich wird man es nie genau wissen. Die haben die Reste deiner Currywurst wohl kaum asserviert, um sie zu analysieren?»

«Nein. Haben sie nicht. Aber schon komisch, oder? Kurz nachdem wir unseren Pakt geschlossen haben, passiert so etwas. Soll einer sagen, schlechtes Karma gebe es nicht!»

«Quatsch!», entfuhr es Tom, gröber als gewollt. «Du immer mit deinem … deinem esoterischen Gefasel. Karma. Weisse Frau. Was denn noch?»

Wieder war es einen Moment still in der Leitung.

«Wie auch immer», fuhr Carlo schliesslich fort, unbeeindruckt von Toms Zurechtweisung. «Ich gehe davon aus, dass unsere Abmachung weiterhin Gültigkeit hat, oder?»

«Natürlich! Ich bin gerade unterwegs nach …»

«Aber …», fiel Carlo Tom ins Wort, «… ich werde meinem Notar einen Brief schicken. Eine Art Testament. Der Inhalt dürfte dir bekannt sein. Einfach für den Fall, dass mich wieder jemand mit dem falschen Schöpflöffel bedienen sollte.»

Carlos Offenbarung beanspruchte schlagartig Toms gesamte Aufmerksamkeit, so dass er einen Augenblick lang nichts mehr anderes um sich herum wahrnahm. Erst in letzter Sekunde konnte er durch ein brüskes Bremsmanöver verhindern, dass er auf den vor ihm fahrenden Kleinbus auffuhr. «Himmelarsch!»

«Dachte mir, dass du keine Freude hast, aber …»

«Das galt nicht dir, sondern dem Scheissbus, der plötzlich vor meiner Nase auftauchte. Oh Mann, das war knapp!»

«Siehst du! Karma!»

«Ja, klar! … Vielleicht sollte ich ja auch ein Testament machen.» Er lachte hysterisch auf. «Nein, im Ernst. Stehst du noch unter Drogen? Was soll das mit dem Notar? Wir landen beide im Knast!»

«Bis jetzt landest höchstens du im Knast! Im Übrigen … er bekommt alles in einem verschlossenen Umschlag, der nur geöffnet werden darf, wenn ich abtrete. Er ist Notar. Er muss und wird sich daran halten!»

Tom schlug wütend auf das Steuerrad. Aber eigentlich konnte er es Carlo nicht verübeln. Nicht nach dem, was alles passiert war.

Der Regen war stärker geworden und die Frontscheibe begann von innen zu beschlagen. Tom stellte die Lüftung an und öffnete sein Seitenfenster handbreit. Und er zwang sich, langsamer zu fahren, ging vom Gas, bis der Tacho noch 100 km/h anzeigte. Das langsamere Tempo, die kühle Luft und die Regenspritzer, die den Weg zu ihm ins Wageninnere fanden, halfen ihm, sich wieder in den Griff zu kriegen.

«Okay», sagte er schliesslich. «Dein Wort in wessen Ohr auch immer. Dann pass mal gut auf dich auf und fahr morgen langsam und sehr vorsichtig nach Hause. Ich bin jetzt auf dem Weg nach Hägendorf. Muss dort noch einige Dinge klären. Wir sehen uns, wenn du wieder im Land bist.» Dann hängte er auf.

41

Es war die letzte der drei Lottoannahmestellen. Jene unten am Bahnhof. Die Nummer des Terminals stimmte mit jener auf dem Gewinnschein überein. Jetzt wusste er nicht nur, wann, sondern auch wo der Schein abgegeben worden war. Er musste sich nur noch überlegen, wie er erklären wollte – falls er es denn müsste –, wieso er als Stadtberner, der in

Bern arbeitete, nach Hägendorf kam, um dort Lotto zu spielen. Er setzte sich ins Auto, nahm sein Handy und prüfte seine Kalendereinträge. Am 10. September hatte er nicht gearbeitet. Er hatte sich freigenommen, um alles für die Reise nach Wietzendorf vorzubereiten. Er hatte auch sonst keinen Termin gehabt an diesem Tag und niemanden getroffen. Das Glück schien ihm doch noch einigermassen hold zu sein! Von wegen schlechtem Karma … Er googelte «Hägendorf». Dann suchte er nach «Sehenswürdigkeiten»: *Belchenflue, Tüfelsschlucht, Born, Challhöchi, Ruchen, Chilchzimmersattel, Ankenballen.* Ausser von der *Challhöchi* hatte er noch von keiner dieser Sehenswürdigkeiten gehört. Am besten gefiel ihm der Begriff *Tüfelsschlucht.* «Passt doch», dachte er und öffnete den Link. *Tüfelsschlucht … natürlich, strahlend schön …* Gemäss *Google Maps* waren es vierzig Minuten Fussweg vom Bahnhof zur Schlucht. *Der Eingang zur Teufelsschlucht befindet sich in der Mitte des Dorfes. Ein Fussweg führt in vielen Windungen über Brücken und Stege, vorbei an Höhlen und Klüften bis hinauf auf den Allerheiligenberg.* «Allerheiligenberg tönt auch gut», sagte er leise vor sich hin. «Ein wenig zynisch, aber wen kümmert's?» Dann verschaffte er sich noch einen kurzen Überblick über die anderen Sehenswürdigkeiten, aber keine konnte für seine Zwecke mit der Teufelsschlucht mithalten.

Mittlerweile hatte es aufgehört zu regnen. Er stieg aus dem Wagen und suchte prüfend den Himmel ab. Die Wolken hatten sich stark aufgelockert, durch eine Lücke schien die Sonne herab. Er sah auf die Uhr: zwanzig nach vier. Mit dem Auto waren es nur wenige Minuten bis zur Schlucht. Sicherheitshalber wollte er sich dort mal umsehen. Um gewappnet zu sein, falls man ihm entsprechende Fragen stellen sollte.

Am Abend hatte er sich die restlichen Spaghetti zubereitet und sich zum Essen vor den Fernseher gesetzt, um die *Tagesschau* zu sehen. «Schon verrückt, was in der Welt so abgeht», dachte er, als er die Beiträge gesehen hatte und auf den Wetterbericht wartete. «Die Menschheit spinnt doch! Alles machen sie kaputt, die Natur, historische Gebäude, Tiere. Überall Kriege. Es ist zum Kotzen.» Erst Sekunden nachdem er es gedacht hatte, wurde ihm bewusst, dass er ja auch nicht mehr zu den Guten gehörte. Irgendwie war das Ganze noch nicht so richtig in sein Bewusstsein gedrungen. Zumindest nahmen die Gedanken an den Doppelmord noch nicht so viel Platz ein, wie er befürchtet hatte. Im Moment drehte sich alles noch darum, wie er an das Geld kommen konnte. Aber ihm war bewusst, dass ihn die Tat wahrscheinlich früher oder später einholen würde. Ziemlich sicher sogar. Vor allem der Kleine, den er seiner Eltern beraubt hatte, würde ihm zu schaffen machen. Er hatte jüngst gelesen, dass man nach ausserordentlichen Glücksereignissen nur etwa sechs Monate glücklicher blieb als vor dem Ereignis. Unabhängig davon, wie gross dieses Glücksereignis auch sein mochte. Man kaufte sich ein Haus, ein neues Auto oder sonst etwas, was das Herz begehrte – der Freudenpegel schoss in die Höhe – und nach sechs Monaten war man wieder dort, wo man vorher war. Das galt sicher auch für Lottogewinner. Er jedoch würde alles tun, um sich dieser Regel, diesem Gesetz, oder wie man es auch nennen wollte, zu widersetzen. Sein Glück würde länger andauern! Aber irgendwann würde es trotzdem abflauen. Und dann würden schlechtes Gewissen, Reuegefühle oder Bedauern das Glücksgefühl übertreffen.

Wie auch immer. Er würde einen Weg finden, damit umzugehen. Doch jetzt musste erst einmal die Kohle her.

Morgen würde er bei Swisslos anrufen und sich als Gewinner melden. Anonym, vorerst. Erst mal vorsondieren. Auch als regulärer Gewinner würde er es so machen. Man wollte ja nicht, dass die ganze Welt vom Geldsegen erfuhr, und dann mit zahllosen Bettelbriefen zugeschüttet werden. Da hatte *Roman F.* schon recht gehabt.

Er fühlte sich gewappnet. Datum, Ort und Zeit der Scheinabgabe waren klar. Er war an jenem Tag mit dem Zug nach Hägendorf gefahren, um sich endlich einmal die berühmte Teufelsschlucht anzusehen, von der er schon so viel gehört hatte. Am Bahnhof hatte er sich noch Zigaretten gekauft und bei dieser Gelegenheit den Lottoschein abgegeben. Sechs Zahlen von ihm, sechs von Carlo. Abgemacht hätten sie, dass sie einen allfälligen Gewinn teilen würden. Die Teufelsschlucht hatte er sich heute noch kurz angesehen. Zumindest ausführlich genug, um glaubhaft darüber Auskunft geben zu können. Und er hatte sogar im Internet nachgeschaut, wie das Wetter an jenem Tag gewesen war.

Nachdem er fertig gegessen hatte, räumte er das Geschirr weg und holte eine Flasche Primitivo aus dem Keller. Dann machte er es sich vor der Glotze gemütlich, um sich auf Netflix noch einen Film anzuschauen. *James Bond 007 – Die Welt ist nicht genug.*

Mittwoch, 18. September 2019

43

Auf der Rückseite des Gewinnscheins standen nur wenige Anweisungen. «Quittung sorgfältig aufbewahren», war eine davon. Ein Gewinnanspruch müsse innerhalb von sechs Monaten nach Bekanntmachung der Ziehungs- oder Wettbewerbsergebnisse erfolgen. Die gültige Quittung sei dafür die einzige Grundlage. Und: Gewinne bis tausend Franken seien an allen Lottoverkaufsstellen einzulösen. Bei Gewinnen über tausend Franken sei das Original der Spielbestätigungs- oder Gewinnforderungsquittung einzusenden an *Swisslos Interkantonale Landeslotterie, Postfach, 4002 Basel. Telefon 0848 877 855.*

Das würde er mit Sicherheit nicht machen! Den Schein einsenden. Er war ja nicht blöd. Nein, nein! Er vergewisserte sich, dass an seinem Handy die Rufnummer unterdrückt war. Dann räusperte er sich ein paar Mal und wollte gerade die Nummer eintippen, als das Handy klingelte. Auf dem Display erschien die Nummer seines Chefs. Tom überlegte kurz, ob er den Anruf wegdrücken sollte, nahm ihn dann doch an. Das Gespräch war kurz. Der Chef erkundigte sich nach seinem Befinden und wann man mit seiner Rückkehr an den Arbeitsplatz rechnen könne. Tom stellte sich verschnupft, jammerte ihm Gliederschmerzen und Fieber vor und prognostizierte, dass seine Abwesenheit sicher die ganze Woche dauern würde. Ein Arztzeugnis brauche er, der Chef, wurde er belehrt und Tom versicherte ihm, dass er dieses so bald wie möglich einreichen würde. Während er telefonierte, ging auch eine WhatsApp-Nachricht von Carlo ein. «Bin unterwegs, melde mich, sobald ich zu Hause bin.» Tom sandte ihm ein zwinkerndes Smiley und einen erhobenen Daumen. Dann machte er einen erneuten Versuch und tippte die Nummer der *Swisslos Interkantonalen Landeslotterie* ein. Die Dame, die nach zweimaligem Läuten abnahm, klang sehr freundlich. Und sehr jung. Hiermeyer, hiess sie. Und sie fragte ihn, was sie für ihn tun könne. «Ich bin … der Gewinner der vierundzwanzig Millionen … von letzter Woche», stammelte er unbeholfen.

«Okay», sagte die freundliche Frau Hiermeyer gedehnt. «Das ist doch mal eine Ansage!» Sie lachte kurz. «Dann schon mal herzliche Gratulation.» Wieder ein kurzes sympathisches Lachen. «Haben Sie denn auch einen Namen?»

Tom kam sich blöd vor, aber er wollte das mit der Anonymität unbedingt durchziehen. «Habe ich», antwortete er trocken, «aber den möchte ich vorerst noch nicht nennen. Ich möchte mich eigentlich nur mal erkundigen, wie das ganze Prozedere ist … wie ich jetzt zu meinem Geld komme.»

«Verstehe», meinte Frau Hiermeyer. «Sie sind nicht der Erste und nicht der Einzige, der bei einem grösseren Gewinn anonym bleiben möchte. Aber ich gehe davon aus, dass Sie den Gewinnschein haben?»

«Ja.»

«Sehr gut! Dann können wir die Angelegenheit sicher zu Ihrer Zufriedenheit regeln.»

«Danke. Danke vielmals.» Wieder kam er sich ziemlich einfältig vor. Aber das spielte ja keine Rolle. Hauptsache, er kam zu seinem Geld. Später würde er noch genug Zeit und genug Gelegenheiten haben, sich cool und eloquent mit freundlichen, jungen Frau Hiermeyers zu unterhalten.

«Gerne! Dann verbinde ich Sie jetzt mit unserem Herrn Messerli. Er ist zuständig für die Abwicklung grösserer Gewinnauszahlungen. Bleiben Sie doch dran … und noch einmal herzliche Gratulation!»

Es dauerte nur kurz, dann hatte er Herrn Messerli in der Leitung. Tom merkte sofort, dass dieser Messerli nicht zum

111

ersten Mal ein solches Gespräch führte. Mit einem unverhofft zum frischgebackenen Multimillionär avancierten Menschen. Er war freundlich, sprach aber ruhig und ohne dass er irgendwelche Emotionen mitschwingen liess. Als würde es um einen Fernseher oder einen Sack Kartoffeln gehen. «Früher oder später werden Sie mir Ihren Namen aber nennen müssen. Wir brauchen dann ja auch Ihre Adresse und die Bankverbindung, verstehen Sie?»

Tom verstand. «Aber ich möchte die Quittung nicht einsenden», wiederholte er sich. «Das ist mir zu unsicher.»

«Kein Problem. Kommen Sie doch einfach zu uns nach Basel. Bringen Sie die Quittung mit, dann können wir alles hier regeln.»

«Und die Reporter?», gab Tom zu bedenken. «Können Sie garantieren, dass keiner von denen auf der Lauer liegt und ich am nächsten Tag auf der Titelseite vom *Blick* erscheine?»

«Kann ich nicht.» Auch dieses Eingeständnis kam völlig schnörkellos daher. «Aber ich kann Ihnen anbieten, dass wir uns sonst irgendwo treffen. Hier in der Nähe, an einem Ort Ihrer Wahl. Kennen Sie etwas? Haben Sie einen Vorschlag?»

Das klang sehr gut in Toms Ohren. Er dachte nach. «Wie wäre es im Pantheon in Muttenz?»

Er war schon mehrmals in dem wunderschönen Oldtimer-Museum gewesen und hatte auch das eine oder andere Mal in dem dort angegliederten Restaurant gegessen.

«Eine gute Wahl!», gab Messerli zu und Tom glaubte jetzt doch, eine gewisse Freude aus dessen Tonfall herauszuhören. «Ein schöner und für den Anlass durchaus würdiger Ort! Können wir gern machen.»

«Okay, sehr gut.»

«Sie müssten dann einfach die Spielquittung mitbringen, Ihre Identitätspapiere und Angaben zu Ihrer Bankverbindung.»

«Geht in Ordnung.»

112

«Und ich werde Ihnen noch einige Fragen stellen müssen.»

Also doch! Zum Glück hatte er alles beisammen, was er zu benötigen glaubte. «Kein Problem», sagte er deshalb leichthin. Dann hakte er doch nach: «Ähh … was für Fragen meinen Sie?»

«Das wiederum wäre dann *mein* kleines Geheimnis. Wir haben da so unsere Sicherheitsmassnahmen. Sie verstehen. Es geht immerhin um eine Stange Geld.»

«Ja … klar … verstehe ich sehr gut.»

«Gut! Ausgezeichnet! Und wann hätten Sie denn Zeit und Lust?»

«Egal! Jederzeit … morgen … heute Nachmittag …»

«Heute ist ungünstig für mich. Ich muss an einer Geschäftssitzung teilnehmen, aber morgen wäre perfekt. Elf Uhr zum Beispiel? Dann könnten wir auch zusammen essen.»

44

Viel zu packen hatte Carlo nicht gehabt. Nach der morgendlichen Arztvisite hatte die Pflegerin die Infusion gezogen und die Einstichstelle mit einem leichten Druckverband versorgt. Er hatte noch im Bett gefrühstückt, anschliessend geduscht und sich angezogen. Tom hatte ihm vor dessen Abreise noch frische Unterwäsche und ein T-Shirt besorgt. An Socken hatte Tom nicht gedacht, deshalb trug er jetzt dieselben wie bei seiner Einlieferung – mit dem kleinen Loch hinten an der linken Ferse. Die Jeans waren auch dieselben – mit Gras- und Erdflecken an der Rückseite. Und mit zwei frankenstückgrossen Blutflecken beidseits vorne im Bereich der Oberschenkel, wo Antje ihm die Epipen-Injektionen durch die Hose hindurch verpasst hatte.

Alles, was er ausser seiner Kleidung sonst noch dabei hatte, hatte in einem kleinen Plastiksack mit dem Logo von *Lidl* Platz gefunden, den ihm die Pflegerin besorgt hatte. Auch der Brief an Dr. Alexander Rohrbach, Rechtsanwalt und Notar in Bern. Der Anwalt, der ihn vor Jahren vertreten hatte, als er wegen «Fahren in angetrunkenem Zustand» vor den Richter treten musste. Neben einer Stange Geld – für den Staat und für den Anwalt – hatte es ihn damals drei Monate Führerausweisentzug gekostet. Im Umschlag steckte neben einem handschriftlich verfassten Schreiben ein zweiter Briefumschlag. *Testament Carlo Pedrotti*. Mit dem Schreiben wurde Dr. Rohrbach angewiesen, das Testament in seiner Kanzlei aufzubewahren und – natürlich – erst nach seinem allfälligen Ableben zu öffnen.

Mit dem Bus konnte man ja sowieso nicht rasen, aber Carlo fuhr noch langsamer als sonst. Er wollte kein Risiko eingehen. Falls wirklich schlechtes Karma für seinen allergischen Schock verantwortlich gewesen war, hätte dieses Karma es wohl weiter auf ihn abgesehen. Wie in diesen Filmen … *Final Destination 1–5*. Deshalb: Gemach, Gemach, er hatte Zeit. Auch wenn er erst mitten in der Nacht oder im Verlauf des nächsten Tages in Bern ankommen würde – es spielte keine Rolle. Vor der Abfahrt hatte er noch sämtliche Radmuttern am Bus kontrolliert und nachgezogen. Er hatte die Reifen minutiös begutachtet und die Bremsleitungen kontrolliert. Für den Fall, dass man die Schuld an seinem Beinahe-Ableben doch nicht diesem Karma in die Schuhe schieben konnte.

Als er aus dem gröbsten Stadtverkehr heraus auf die Autobahn gefahren war, hatte er Rohrbach angerufen, um ihm den Brief anzukündigen, den er in den nächsten Tagen erhalten würde. Und auf sein Nachfragen hatte ihm der Anwalt leicht pikiert versichert, dass er das verschlossene Testament keinesfalls öffnen werde. In seinem Safe sei es absolut sicher.

Nach dem Telefonat fühlte sich Carlo besser. Besser und sicherer. Natürlich nagten Zweifel an ihm. Nein, eigentlich waren es keine Zweifel, denn es war einfach nur falsch, was sie taten. Zweifellos falsch. Aber wie er es auch drehte und wendete – am Schluss gingen seine Überlegungen immer wieder dahin, dass man das Verbrechen nicht rückgängig machen konnte. Dass man die beiden Menschen nicht wieder zum Leben erwecken konnte. Und wer sollte denn die vierundzwanzig Millionen bekommen? Womöglich die Lottogesellschaft? Oder, noch schlimmer, der Staat? Aber, und das nahm er sich ganz fest vor, er würde sicher einen Teil des Geldes für wohltätige Zwecke spenden. Mindestens fünfzigtausend, vielleicht sogar hunderttausend. Mal schauen, wie viel an Steuern weggingen.

Schade, hatte er im Moment keinen richtigen Job. Nur dieses Nebending als Hauswart, bei sich zu Hause am Flurweg in Ostermundigen. Facility Manager der Hauseingänge 34 und 36 war er. Wäre doch witzig gewesen zu sehen, wie es sich anfühlt, für fünftausend Franken pro Monat als Mechaniker zu arbeiten, wenn man ein paar Millionen auf dem Konto hat. Man hätte wohl das eine oder andere ein wenig anders betrachtet. Hätte sich über gewisse Dinge weniger aufgeregt. Sich weniger gefallen lassen. Sicher ein geiles Gefühl, wenn man jederzeit einfach sagen konnte: «Leckt mich am Arsch und macht euren Scheiss selber.» Er sah die Szene mit seinem ehemaligen Chef bildlich vor sich und musste schmunzeln: dunkelroter Kopf, Schnauben, lautes Fluchen, geschwollene Adern an den Schläfen. In der Tat ein erfrischender Gedanke. Wirklich schade! Wenigstens hatte er noch den Hauswartposten zum Hinschmeissen.

Vor seinem geistigen Auge beschwor er noch andere Szenarien herauf und amüsierte sich köstlich dabei. Und er freute sich darauf, den Gewinn seiner Ex unter die Nase zu reiben. Bei der Scheidung vor vier Jahren hatte sie ihn so richtig gemolken. Richtiggehend bluten lassen. Aus reiner Bosheit. Ihr würde er keinen Rappen geben. Nichts! Nada!

Nachdem er in Gedanken schwelgend die Rachegelüste gegenüber seiner Ex-Frau genährt und befriedigt hatte, kamen ihm wieder Zweifel. Ob denn wirklich alles klappen würde? Ob Tom an das Geld kommen würde? Und wenn ja, ob er, Tom, das Ganze aushalten würde? Was, wenn er plötzlich Reue zeigen würde? Auf die Idee kam, sich zu stellen? Eigentlich schätzte er ihn überhaupt nicht so ein, aber man wusste ja nie. Er war ja von seiner Art her nicht einfach ein kaltblütiger Killer! In den Mord war er mehr oder weniger reingerasselt. Und falls er ihm Soja untergejubelt hatte, müsste man das irgendwie auch verstehen. Immerhin hatte er, Carlo, doch ziemlich Druck gemacht und ihn in die Enge getrieben. Vielleicht hätte er an seiner Stelle genauso gehandelt? Also, was, wenn Tom einknicken würde? Falls er es täte, bevor er ihm die zwölf Millionen gab, wäre das ziemlich beschissen … betreffend Hauswartposten und betreffend seine Ex und so. Aber abgesehen davon hätte er nichts zu befürchten. Wenn Tom hingegen später, nachdem er ihm das Geld gegeben hatte, einen Rückzieher machen würde, wäre das ebenfalls ziemlich beschissen – aber nicht nur. Darüber hinaus käme er nämlich noch juristisch an die Kasse. Kein Geld *und* Knast. Carlo ertappte sich bei der Frage, ob Tom auch gefährliche Allergien hatte. Oder sonstige gesundheitliche Hypotheken. Diabetes wäre noch praktisch, wie er kürzlich in einem Krimi gesehen hatte. Oder ein gefährliches Hobby. Klettern oder so. Bungee-Jumping …

Donnerstag, 19. September 2019

45

Tom hatte die ganze Nacht kein Auge zugetan. Eine Mischung aus freudiger Erregtheit, Zweifel, Angst und schlechtem Gewissen hatte ihn wach gehalten. Gegen zwei Uhr morgens hatte er seinen Trainingsanzug, den er ewig nicht mehr getragen hatte, zuhinterst aus dem Schrank hervorgeholt und die Laufschuhe gesucht, die er sich vor einem Jahr gekauft hatte. Er hatte sie in einem alten Rucksack gefunden und angezogen, nachdem er das Preisschild abgerissen hatte. Dann war er rausgegangen und Richtung Aare gelaufen. Er wollte den einen oder anderen Kilometer den Fluss entlangjoggen, wie er das früher öfters gemacht hatte. Aber bereits nach ein paar hundert Metern geriet er ausser Atem und bekam Seitenstechen. Ganz zu schweigen von seiner Hüfte, die schon vom ersten Meter an schmerzte. Er brach die Laufübung ab. «Wäre ein ganz blöder Moment für einen Herzinfarkt», dachte er, nach Luft ringend und in gekrümmter Haltung. Er ging noch eine kurze Strecke im Schritttempo, bevor er umkehrte. Er nahm sich vor, mit dem Rauchen aufzuhören und wieder regelmässig zu trainieren. Damit ihm auch ausreichend Zeit bleiben würde, seinen Reichtum zu geniessen. Wieder zu Hause, duschte er kurz – obschon dies gemäss Hausordnung zu dieser Nachtzeit nicht gestattet war. Egal! Sie konnten ihm ja kündigen! Dann öffnete er eine Flasche Primitivo und trank davon, bis er nach etwa der Hälfte der Flasche Sodbrennen bekam und zum Milchbeutel in seinem Kühlschrank greifen musste. «Ich bin ein Scheisswrack», gestand er sich ein. «Das muss ändern!» Dann schaute er sich auf Netflix *Terminator 2* an. Wenigstens das schaffte er ohne körperliche Beschwerden.

Kurz vor sechs begann er die Kleider bereitzulegen, die er für das Treffen mit Messerli anziehen wollte. Wie kleidet man sich für einen derartigen Anlass? Am liebsten ganz normal: Jeans, T-Shirt, Pullover. Oder doch ein wenig festlicher? Und mit «festlich» meinte er schwarze Jeans und eines seiner zwei Hemden. Das graue oder das weisse. Und vielleicht den dunklen Kittel, den er eigentlich nur für Beerdigungen anzog. Falls er ihm überhaupt noch passte. Er stand vor dem Schlafzimmerspiegel und probierte alles mehrmals durch, unschlüssig und missmutig. Klar war von Anfang an nur, welchen Gürtel er tragen würde. Am Ende entschied er sich für die schwarzen Jeans und das graue Hemd. Dazu schwarze Schnürschuhe, die er ein wenig zurechtpolierte. Keinen Kittel, der sah fürchterlich altmodisch aus und war ihm viel zu eng. Ersatzweise musste der dunkelgraue Kaschmirpullover mit V-Ausschnitt herhalten, den er wenn möglich nicht anziehen, aber sich wenigstens über die Schultern legen wollte. Er brauchte neue Kleider!

Kurz vor sieben duschte er noch einmal. Mehr um die Zeit totzuschlagen, nicht weil er gemusst hätte. Er verpasste sich sogar einen Spritzer Parfum hinter jedes Ohr. Jenes von *Nino Cerruti,* das er «für alle Fälle» in seinem Toilettenschrank aufbewahrte. Neben den Kondomen für alle Fälle und den Viagrapillen für alle Fälle. Dann kam er sich doch ziemlich blöd vor, holte einen Waschlappen aus der Schublade und schrubbte sich hinter den Ohren, bis es wehtat. Danach machte er Kaffee und legte zwei Scheiben Weissbrot in den Toaster. Mit Toast und Kaffee setzte er sich vor den Fernseher und schaltete das Morgenmagazin auf ZDF ein: *Weltkriegsbombe erfolgreich in Frankfurt entschärft. Iran verschärft den Ton. Ringen um Brexit. Kuba setzt wegen Spritmangel auf Ochsen.* Er holte sich eine zweite Tasse Kaffee, deren Inhalt kurz nach dem Hinsetzen heiss und dampfend auf seiner Hose landete. Und auf dem linken

118

Schuh. Das tat erstens weh und regte ihn zweitens fürchterlich auf. Unter Absingen wüster Lieder streifte er sich die Schuhe von den Füssen, eilte ins Bad und ging abermals unter die Dusche – diesmal mitsamt den Kleidern! Er liess einige Minuten kaltes Wasser über den Kaffeefleck laufen. Als der Schmerz nachliess, zog er die Hose aus und warf sie wütend in eine Ecke. Dann noch einmal kaltes Wasser für die Rötung an seinem Oberschenkel.

Plötzlich überfiel ihn Panik! Er liess den Duschkopf fallen und hechtete mehr zu seiner Hose, als dass er ging. Der Gürtel!

Zum Glück! Er hatte weder Kaffee noch Wasser abbekommen. Tom zog ihn sofort aus den Schlaufen und legte ihn auf den kleinen Badezimmerschrank neben der Tür. Langsam und behutsam. Als wäre er aus Porzellan.

Wieder die Schmerzen. Wieder die Dusche. Etwa eine Viertelstunde lang, dann schien es genug zu sein. Eine Rötung blieb, aber Schmerzen hatte er fast keine mehr. Und sie kamen auch nicht mehr zurück. Oder nur geringfügig. Erträglich jedenfalls.

In einer Schublade fand er eine nicht mehr ganz neue Tube Gel. Er konnte das Verfalldatum zwar nicht lesen, aber so wie die Tube aussah, hatte sie schon länger hier gelegen. Er wusste, dass man sie gegen Insektenstiche und gegen Sonnenbrand anwenden konnte – warum nicht gegen Kaffeebrand? Tom strich die Rötung grosszügig mit dem klaren Gel ein, liess es einen Moment trocknen und zog dann die blauen Jeans an. Und die braunen Slipper mit den ausgefransten Fersennähten. «Egal», dachte er trotzig. Erstens hatte er ja kein Date und kein Vorstellungsgespräch und zweitens konnte er sich demnächst so viele Schuhe und Hosen kaufen, wie er wollte. Und eine neue Tube Gel!

Kurz nach acht Uhr war er bereit, die Wohnung zu verlassen. Er wollte rechtzeitig losfahren. Lieber zu früh dort sein und sich dann halt noch ein wenig den Oldtimern widmen.

Die Identitätskarte steckte in seinem Portemonnaie. Die Spielquittung in der Gürtelschnalle. Er hatte alles, was er brauchte.

Dann fuhr er los. Der Verkehr auf der A1 war zähflüssig, wie immer. Die Durchsage aus dem Radio verkündete Stau oder stockenden Verkehr im Bereich Schönbühl und zwischen Kriegstetten und Luterbach. Aber heute störte ihn das nicht und er dachte nicht einmal ansatzweise daran, eine Umfahrung zu nehmen. Gegen neun Uhr erreichte er die Verzweigung Härkingen und nahm die Ausfahrt nach Basel.

Als er sich in den Autobahnverkehr der A2 eingereiht hatte, wurde er unweigerlich an die Ereignisse an jenem Abend erinnert. Obschon er sich fest vorgenommen hatte, seine Gedanken keinesfalls in diese Richtung abschweifen zu lassen und sich nur auf das bevorstehende Treffen mit Messerli zu konzentrieren. Mit den unerwünschten Gedanken setzten auch Kopfschmerzen ein. Und ihm wurde zunehmend schwindlig … und übel. Er drehte das Radio lauter, öffnete das Seitenfenster und versuchte sich auf den Song zu konzentrieren, der eben im Radio lief, *Dirty Dynamite* von Krokus. Aber es half nichts. Nicht gegen die Kopfschmerzen, nicht gegen den Schwindel – und nicht gegen die Gedanken, die wild durch seinen Kopf schossen: Gesprächsfetzen aus dem Walkie-Talkie, die Weisse Frau, das Knacken des brechenden Genicks, die Schreie der Frau, ihr gebrochener Blick, Kopfschmerzen, Schwindel, wieder die Weisse Frau, Übelkeit, das Baby … *there ain't no future, when you walk that door …*

Er fuhr an der Raststätte Eggberg vorbei. Und am Haus, welches er links hinter dem Zaun und den Bäumen zwar nicht sehen konnte, das aber trotzdem da war … Der Storch, die Weisse Frau, Kopfschmerzen … Die Gedanken wirbel-

120

ten in seinem Kopf wie Wäsche in einem Tumbler. Immer schneller. *We need salvation, can't play it cool …* Mittlerweile war ihm speiübel. Er schwitzte, hatte Mühe zu atmen. Die Schreie der Frau …

Dann, plötzlich, realisierte er, dass seine Hände das Steuerrad losliessen. Gegen seinen Willen! Und dass seine Arme schlaff und kraftlos heruntersanken. Bremsen konnte er auch nicht, seine Beine verweigerten den Gehorsam.

46

Walter Messerli sah sich um. Zum wiederholten Mal. Das Restaurant im Pantheon war praktisch leer. Drei Tische hinter ihm sass eine rassige Frau mittleren Alters mit schwarzen, langen Haaren, die konzentriert an ihrem Laptop arbeitete. Zwischendurch streichelte sie den schwarzen Labrador-Mischling, der rechts neben ihr auf dem Boden lag und seit einer Ewigkeit und in aller Ruhe an einem grauen Plüschesel nuckelte. Sie sah kurz auf, begegnete seinem Blick und schenkte ihm ein kurzes Lächeln, bevor sie sich wieder ihrem Laptop widmete. «Hund müsste man sein», dachte er kurz. Wenige Meter vor ihm sass Händchen haltend ein junges Pärchen, beide mit Metallverzierungen in Nase, Lippe und Ohren und zahlreichen Tätowierungen an den Armen und am Hals. Eine ältere Dame hatte das Restaurant vor wenigen Minuten verlassen, jetzt betrat eine jüngere Frau mit zwei frühpubertären, lautstarken Jungs das Lokal. Keine Spur vom ominösen Lottogewinner. Er sah auf die Uhr. Halb zwölf.

Er war sich nicht gewohnt, auf Gewinner warten zu müssen. Meistens trafen sie wesentlich früher ein als vereinbart. Sei es am Sitz in Basel, oder wo auch immer sie sich verabredet hatten. Die Aufregung, die Nervosität, die Ungeduld …

Messerli konnte das gut nachempfinden, obschon er selber nie «auf der anderen Seite des Tisches» gesessen hatte. Ihm würde es gleich ergehen. Umso mehr erstaunte ihn die Verspätung. Er wartete noch zehn Minuten, dann rief er Frau Hiermeyer an.

«Hallo, Annette, ich bin's, Walter.»

«Hallo Walter!»

«Hör mal, ich sitze hier im Pantheon und warte immer noch auf den Gewinner, der gestern angerufen hat. Er ist jetzt mehr als eine halbe Stunde überfällig. Er hat sich nicht zufällig bei dir gemeldet?»

«Nein. Bis jetzt nicht», antwortete sie, ohne zu zögern. Und in leicht vorwurfsvollem Ton schob sie nach: «Sonst hätte ich dich natürlich sofort informiert.»

«Ach, weiss ich doch», räumte er mit gespieltem Schuldbewusstsein ein. Sie war sehr pflichtbewusst und mit der Frage hatte er wohl ein wenig an ihrem Ego gekratzt. «Ich wollte nur sicher sein. Ich hatte vorübergehend schlechten Empfang. Hättest mich ja vielleicht nicht erreichen können.»

«Wie gesagt, kein Anruf von Mister Unbekannt.»

«Okay, danke! Dann warte ich noch einen Moment. Ich melde mich wieder, falls er nicht auftaucht beziehungsweise bevor ich hier verschwinde.»

«Weisst du, aus welcher Gegend er kommt?», fragte sie.

«Gesagt hat er nichts. Aber ich vermute mal aus der Region um Hägendorf. Zumindest hat er den Schein dort eingelöst.»

«Die haben heute Morgen einen endlos langen Stau vor dem Südportal des Belchentunnels gemeldet. Vielleicht steckt er darin fest?»

«Möglich. Aber dann hätte er ja anrufen können!»

«Handy vergessen? Akku leer?», mutmasste Hiermeyer.

«Kann sein.»

«Ich sehe gerade im Internet … die Strecke ist wieder einspurig befahrbar. Sind noch am Räumen. Ein Verkehrsunfall.»

«Okay, danke. Ich melde mich wieder, tschüss!»

«Gerne, tschüss.»

Der Labrador nuckelte immer noch an seinem Eselchen. Die Schwarzhaarige ass einen Salat. Eine halbe Stunde würde er noch warten. Er holte sich eine Zeitung und bestellte einen weiteren Kaffee.

47

Carlo war kurz nach zehn Uhr morgens zu Hause in Ostermundigen angekommen. Er hatte sein gemütliches Tempo durchgezogen, war aber gut und praktisch ohne Behinderung vorangekommen. Bis auf den Stau vor und im Belchentunnel. Dort hatte er eine gute halbe Stunde verloren. Wie sich bei der Ausfahrt aus dem Tunnel herausstellte, lag das Problem auf der Gegenfahrbahn. Ein Unfall, unmittelbar am Südportal. Dort standen Fahrzeuge der Polizei, der Feuerwehr und ein Abschleppwagen. Ein Auto- oder Motorradwrack konnte er nicht ausmachen. Offenbar war er in einen Gafferstau geraten! Idioten! Anzeigen müsste man jeden, der in solchen Situationen vom Gas geht!

Bevor er zu Hause aus dem Bus gestiegen war, hatte er Tom eine WhatsApp-Nachricht gesendet: «Soeben angekommen. Melde mich später.» Mittlerweile hatte er geduscht, gegessen und sich eine halbe Stunde hingelegt. Bis jetzt hatte Tom die Nachricht noch nicht gelesen. Carlo wählte seine Nummer.

«Inselspital Bern, Notfallzentrum, Leitende Pflegefachfrau Bieri.»

Carlo spürte ein kurzes Stolpern in seiner Brust. Er nahm das Handy vom Ohr und sah auf das Display. Doch! «Tom», stand da geschrieben! Und über dem Namen das Porträt von Tom mit der albernen Grimasse.

«Hallo! Wer bitte ist am Apparat?»

«Äh … ja … Pedrotti hier … Carlo Pedrotti. Könnte ich bitte Herrn Steiner sprechen?»

«Sind Sie ein Angehöriger von Herrn Steiner?»

Wieder das Stolpern in der Brust, zwei-, dreimal hintereinander. «Nein … ich bin sein … ich bin ein … Bekannter … ein Freund! Wieso wollen Sie das …»

«Kennen Sie seine Angehörigen? Frau? Kinder? Eltern? Geschwister?»

«Ich glaube, da gibt es niemanden. Niemanden mehr.» «Ausser mir», hätte er beinahe angefügt. «Was ist denn …»

«Wissen Sie, wer sein Hausarzt ist?»

«Nein. Er hat ihn mal erwähnt … aber … kommt mir gerade nicht in den Sinn. Was ist denn los?»

«Moment … bleiben Sie dran, bitte …» Carlo hörte, wie die Frau das Mikrofon des Handys abdeckte, aber einige Gesprächsfetzen drangen trotzdem zu ihm durch: «Bekannter … Angehörige … wem sonst …» Dann eine längere Pause. «In Ordnung …» Dann war das Mikrofon wieder frei. «Sind Sie noch da?»

«Ja, bin ich.»

«Hören Sie, Herr Pedrotti, es tut mir leid, aber Herr Steiner ist heute Morgen als Notfall bei uns eingeliefert worden. Er hatte einen schweren Autounfall.»

Carlo liess sich auf sein Sofa fallen. «Was! Ist er … kann ich mit ihm sprechen?»

«Das ist leider nicht möglich.»

«Wieso nicht? Was ist denn mit ihm?»

«Ich darf am Telefon keine Auskunft geben. Aber wenn Herr Steiner keine näheren Angehörigen hat, muss ich *Sie* bitten, zu uns ins Spital zu kommen.»

Carlo hing wie in Trance im Sofa und schüttelte ungläubig den Kopf.

«Haben Sie mich verstanden, Herr Pedrotti?»

«Ja … Tschuldigung», schreckte er hoch. «Ja, ja, ich habe Sie verstanden.»

«Gut! Melden Sie sich bitte direkt auf der Notfallstation und fragen Sie nach mir. Bieri! Und bitte beeilen Sie sich!»

Fünfundzwanzig Minuten später traf Carlo auf der Notfallstation des Inselspitals ein. Es wimmelte von Leuten. Patienten, Pflegepersonal, Ärzte, Sanitätspolizei – alles wuselte hektisch durcheinander. Auf Frau Bieri musste er eine Viertelstunde warten. Ziemlich lange, wie er fand – wenn sie ihn schon zur Eile ermahnt hatte.

Carlo traf auf eine schlanke, zirka fünfzigjährige, mittelgrosse Person mit blonden, halblangen Haaren und glasklaren, blauen Augen. «Bieri», sagte sie und streckte ihm eine feingliedrige Hand entgegen. «Danke, dass sie so rasch kommen konnten.» In der linken Hand trug sie eine Akte. «Bitte kommen Sie doch mit in mein Büro.»

Carlo folgte ihr und musste sich beeilen, um ihr Tempo mithalten zu können. Es ging durch hell erleuchtete Gänge mit Linoleumböden und durch mehrere Milchglastüren. In ihrem Büro angekommen forderte sie ihn auf, sich an den Sitzungstisch zu setzen. Sie selber nahm ihm gegenüber Platz. «Von den Ärzten hat im Moment leider niemand Zeit», hob sie an, «Sie haben ja gesehen, was hier los ist.»

«Kein Problem», sagte Carlo mit einem Schulterzucken und rutschte unruhig auf dem Stuhl umher.

«Also, Herr Pedrotti.» Dann öffnete sie die Akte. «Ihr Freund, Herr Steiner, hatte heute Morgen einen Autounfall am Südportal des Belchentunnels. Er wurde mit der Rega hierhergeflogen, leider in sehr besorgniserregendem Zustand. Mit einem Schädelhirntrauma, das heisst, mit einer wahrscheinlich erheblichen Hirnverletzung. Komatös, nicht ansprechbar. Wie schwer genau die Verletzungen sind, kann man noch nicht sagen, die Abklärungen sind noch im Gange.»

Das pure Entsetzen überkam Carlo. Er seufzte und legte sich die Hand auf den Mund. «Das ist jetzt einfach nicht wahr», dachte er. «Was zum Teufel hatte Tom am Belchentunnel zu suchen?» Im selben Moment, wie er sich die Frage stellte, glaubte er auch schon die Antwort zu wissen. Basel! Die Lottogesellschaft hat doch ihren Sitz in Basel! War er schon unterwegs gewesen, um den Gewinn einzulösen? Hatte er schon Kontakt mit denen aufgenommen? Mit jemandem gesprochen?

«Tut mir sehr leid», sagte Frau Bieri und sah auf die Wanduhr neben ihrem Schreibtisch.

«Wird er … kommt er durch?»

Jetzt war sie es, die mit den Schultern zuckte. «Wie gesagt: Er wird immer noch untersucht. In einer halben Stunde wissen wir mehr. Dann sollte auch einer der Ärzte Zeit für Sie haben. Ist Ihnen in der Zwischenzeit noch irgendein Angehöriger in den Sinn gekommen? Oder wenigstens der Name des Hausarztes?»

Carlo schüttelte den Kopf. «Er ist also nicht ansprechbar, sagen Sie.»

«Nein.»

«Und … wo ist er jetzt?»

«In der Radiologie.»

«Okay … und … seine Sachen?»

«Bitte?»

«Na, seine Sachen! Kleider, Schuhe, Wertgegenstände, Portemonnaie und so?»

Bieri legte verwundert die Stirn in Falten, was Carlo nicht entging. «Entschuldigung», sagte er sofort und hob beschwichtigend die Hände. «Eigentlich total unwichtig und vielleicht ein wenig deplatziert … dachte bloss, ich könnte mich wenigstens *darum* kümmern – wenn ich sonst schon nichts machen kann.»

Bieris Falten glätteten sich ein wenig. «Danke, aber zerbrechen Sie sich darüber nicht den Kopf. Die persönlichen Effekten sind vorerst beim Patienten. Das kann warten.»

126

Carlo nickte.

«Wissen Sie, ob Herr Steiner eine Patientenverfügung hat?»

«Was … meinen Sie damit?»

«Eine Patientenverfügung … ein Dokument, mit welchem man für Situationen vorsorgt, in denen man nicht mehr selber entscheiden kann. Dort steht drin, welchen medizinischen Massnahmen man zustimmt und welchen nicht. Der Patientenwille geht daraus hervor.»

«Ach so … nein, das weiss ich nicht.»

Bieri atmete tief durch. «Das muss ich Sie jetzt leider auch noch fragen … wie steht es mit einem Organspendeausweis?»

48

Aufgeregte, panische Rufe waren das Erste, woran Tom sich erinnern konnte. Und an die Schmerzen in den Beinen. Und die Atemnot. Er konnte nicht atmen! Dann splitterte Glas, links von ihm.

«Hallo, können Sie mich hören?» Es war eine männliche Stimme.

Er konnte. Aber er konnte nicht antworten. Nicht sprechen. Jemand tastete nach seinem Hals. «Er lebt!»

«Beruhigend», dachte Tom, «aber ich kann verdammt noch mal nicht atmen! Und nichts sehen!»

«Er atmet nicht … ist schon ganz blau!» Eine hysterische Frauenstimme! Jemand kniff ihn in den Arm, Sekunden später in die Brustwarze, was sehr schmerzhaft war. Aber er konnte sich nicht wehren. Nicht reagieren. Und verdammt noch mal nicht atmen!

«Wir müssen ihn rausziehen und beatmen», sagte die männliche Stimme. «Er erstickt.»

«Das dürfen wir nicht … was, wenn sein Rücken verletzt ist? Das Genick?»

«Wenn wir ihn nicht sofort beatmen, spielt alles andere keine Rolle mehr. Hallo, Sie dort drüben … ja, Sie beide … kommen Sie her! Schnell!» Tom spürte, wie jemand von aussen am Türgriff rüttelte.

«Lässt sich nicht öffnen, deshalb habe ich die Scheibe eingeschlagen. Versuchen Sie es von innen.»

Sekunden später ging die Tür auf. «Ich greife von hinten unter seine Schultern und ziehe ihn ein wenig raus … Sie können ihn dann am Gürtel packen … vorwärts, vorwärts!»

«Nicht am Gürtel», dachte Tom eine Sekunde lang. Dann fühlte er Arme unter seinen Schultern, kräftige und grosse Arme. Sie zogen an ihm und augenblicklich hatte er das Gefühl, als würden ihm die Beine abgerissen. Er schrie, so laut er konnte, aber es gab keinen Ton. Und er konnte sich überhaupt nicht bewegen.

«Scheisse, seht euch die Beine an. Vorsicht, Vorsicht …»

«Egal! Raus mit ihm und auf den Boden.»

Er wurde unsanft hingelegt, spürte Kieselsteine unter seinem Rücken.

«Bring mir das blaue Etui aus meinem Handschuhfach!»

Tom spürte, wie jemand mit der Hand unter sein Kinn fasste und es anhob, dann legte sich etwas Feuchtwarmes und Stacheliges um seine Nase. Und endlich kam Luft. Komische Luft. Er hatte vor Jahren einmal geschnorchelt. Mit einem geborgten Schnorchel. Etwa so kam es ihm vor. Wie Luft aus einem geborgten Schnorchel. Aber es war göttlich. Bereits nach wenigen Luftstössen ging es ihm besser. Dann liessen die offenbar bartumrandeten Lippen von ihm ab und an deren Stelle kam Latex. Eine Beatmungsmaske. Jetzt roch es erst recht nach Schnorchel. Nach neuem Schnorchel. Und langsam trat der Schmerz in den Vordergrund. Schmerzen in den Beinen, Schmerzen am Brustkasten.

128

Er hatte schon immer einmal Helikopter fliegen wollen. Aber nicht unter diesen Umständen. Nicht mit einem Plastikschlauch im Hals, der ihm einen unsäglichen Würge- und Hustenreiz verursachte, gegen den er sich nicht wehren konnte. Nicht bewegungsunfähig auf eine Bahre fixiert, mit Infusionsschläuchen in beiden Armen. Und ganz sicher nicht mit zwei Typen, die darüber diskutierten, ob er wohl hirntot sei oder nur in tiefem Koma.

Sie hatten ihm Medikamente gespritzt, danach hatten die Schmerzen ein wenig nachgelassen und ihm war schummerig geworden. Immer wieder leuchteten sie ihm mit einer Taschenlampe in die Augen und kniffen ihn an allen möglichen Stellen. Rieben ihre Knöchel auf seinem Brustbein. Das tat alles weh wie die Sau, aber er konnte weiterhin nicht reagieren. Als sie ihn einen Moment in Ruhe liessen, kam ihm in den Sinn, dass er eigentlich nach Muttenz müsste. Oder schon hätte dort sein sollen.

Der Gürtel! Wo war sein Gürtel?

Sie hatten davon gesprochen, dass sie ihn ins Inselspital fliegen würden. Kaum waren sie gelandet, ging es rasch und hektisch zu.

«In den Schockraum», befahl eine energische Frauenstimme, als er ins Gebäude hineingerollt wurde.

«Was haben wir da?», fragte Augenblicke später eine männliche Stimme auf Hochdeutsch.

«54-jähriger Patient. Autounfall um neun Uhr dreissig. Verdacht auf schweres Schädelhirntrauma, nie ansprechbar, nie weckbar, keine Schmerzreaktion, Reflexe unsicher. GCS zwei bis drei. Kreislauf unter Pressoren stabil. Unterschenkelfrakturen beidseits, Verdacht auf Rippenfrakturen.»

«Okay ... rüber auf den Tisch ... auf drei ... eins, zwei drei ...» Tom spürte, wie er leicht angehoben und seitwärts versetzt wurde. Dann wieder die Taschenlampe, wieder das Gekneife, Himmel noch mal! Dann wanderte ein Stethoskop über seine Brust. «Beidseitig belüftet.» Jemand schnitt ihm von unten her die Hosenbeine auf, jemand anderes das T-Shirt. «Weg mit dem Gürtel», befahl eine Frau.

«Nicht!», schrie es in ihm. «Nicht der Gürtel!» Aber der war innerhalb von zwei Sekunden ausgeschlauft und Tom hörte, wie er irgendwo hingeworfen wurde.

«Wissen wir etwas über Vorerkrankungen? Medikamente?», wollte der Hochdeutschsprechende wissen. «Hausarzt? Angehörige?»

«Nichts bekannt. Im Portemonnaie haben wir nichts gefunden. Nur Name, Adresse und Geburtsdatum, im Fahrzeug nur den Fahrzeugausweis. Das Handy ist gesperrt.»

«Patientenverfügung? Organspendeausweis?»

«Nein!»

«Immer das Gleiche! Okay! Wir haben einen Sinusrhythmus. Druck etwas tief, aber Puls und Sättigung sind in Ordnung! Blutentnahme für Labor nach Traumaschema. Dann ab in die Radiologie!»

Wieso zum Teufel fragt der Idiot nach einem Organspendeausweis. Hei! Arschloch! Ich kann dich hören! Ich lebe!

«Karin! Wir brauchen nachher die Neurologen. Und die von der Administration sollen mit Hochdruck versuchen, Angehörige ausfindig zu machen.»

49

«Horst Köpcke, Leitender Arzt des Notfallzentrums», stellte sich der Mann vor. «Sie sind Herr Pedrotti? Ein Freund von Herrn Steiner?»

«Bin ich», antwortete Carlo.

Ausser den beiden war gerade niemand im Raum, so dass Köpcke vorschlug, sich hier zu unterhalten. «Sonst können wir auch gern in mein Büro gehen», bot er an.

«Nein, nein, hier ist okay», beeilte Carlo sich, ihm zu versichern.

«Tja, dann setzen wir uns doch kurz hin.» Köpcke zeigte auf die leeren Stühle. Carlo entschied sich für den nächstbesten und nahm Platz. Köpcke wählte einen Stuhl schräg neben ihm.

«Also, Herr Pedrotti. Ich habe Ihren Freund untersucht. Frau Bieri hat Sie ja schon vorinformiert.»

«Ein bisschen was hat sie erzählt», stimmte Carlo ihm zu. «Ein Verkehrsunfall. Schädelhirntrauma.»

«Eben, es sieht leider nicht sehr gut aus. Ich befürchte, Herr Steiner ist hirntot. Es spricht alles dafür. Bei den klinischen Untersuchungen fanden sich leider keine Zeichen, die uns hoffen lassen. Und die Radiologen haben eine erhebliche Schädigung im Bereich des Stammhirns gefunden. Das ist das Hirnzentrum, welches die lebenswichtigen Funktionen steuert, die Atmung zum Beispiel.»

Carlo seufzte und raufte sich die Haare. «Und das bedeutet?»

«Das bedeutet, dass wir wahrscheinlich nichts mehr für Ihren Freund tun können.» Er machte eine bedeutungsschwangere Pause. «Der Rest funktioniert, das Herz schlägt, es scheint gesund und kräftig, aber eben …»

«Verstehe. Und … ist das ganz sicher? Ich meine … keine Zweifel, dass er hirntot ist?»

«Nun», Köpcke schlug seine Beine übereinander und faltete die Hände über dem Knie, «formell muss der Hirntod noch festgestellt und dokumentiert werden. Es gibt da ein ganz spezielles, klar definiertes Prozedere. Die Neurologen werden ihn sich ansehen, sobald er auf die Intensivstation verlegt ist. Aber wahrscheinlich ist das nur eine Formsache. Leider!»

«Okay ... und dann? Wird der Stecker gezogen?»

«So würde ich es nicht formulieren», meinte Köpcke mit einem süffisanten Lächeln. «Nein ... Zuerst und als Nächstes müssen wir klären, ob Herr Steiner als Organspender infrage kommt.»

«Wer entscheidet das?», fragte Carlo.

«Im besten Fall gibt es einen Spenderausweis, aber einen solchen haben wir in seinen Sachen nicht gefunden. Wissen Sie etwas darüber?»

Carlo schüttelte den Kopf. «Darüber haben wir nie gesprochen. Er hat immer nur gesagt, dass er kremiert werden will. Auf keinen Fall im Boden verfaulen, hat er jeweils gemeint.»

«Wer könnte mehr wissen? Angehörige, die wir fragen könnten?»

«Seine Eltern sind tot, seine Ex-Frau lebt irgendwo in Frankreich und mit der ist er hoffnungslos verkracht. Kinder hat er keine. Seine jüngere Schwester ist mongolo ... ähm, geistig behindert und lebt in einem Heim. Aber ich könnte gern helfen, nach einem Ausweis zu suchen. Wenn Sie mir seine Effekten geben ... den Hausschlüssel ... ich könnte gern bei ihm zu Hause nachschauen. Wenn ich so darüber nachdenke, hat er doch vor einiger Zeit mal gesagt, dass er sich demnächst um einen derartigen Ausweis kümmern wolle.»

«Ach! Das wäre sehr freundlich, wenn Sie das für uns tun könnten.»

«Mach ich gern. Falls er einen solchen Ausweis hat, wäre es ja sicher auch in seinem Sinn, dass man ihn findet!»

«Auf jeden Fall!», bekräftigte Köpcke. «Es müsste einfach möglichst rasch gehen. Wir wissen nicht, wie lange die Herzkreislaufsituation stabil bleibt.»

«Dann … Könnte ich ihn noch sehen? Bevor ich den Ausweis suchen gehe?»

«Sicher! Es dauert noch einen kleinen Moment. Aber sobald auf der Intensivstation alles für ihn hergerichtet ist, können Sie gerne kurz zu ihm. Seine Sachen können Sie dann gleich mitnehmen.»

50

«Voilà», sagte der Mann, der die letzten zehn Minuten an seinem Gemächt herumhantiert und ihm mehr oder weniger sanft einen Blasenkatheter verpasst hatte. Das war unangenehm gewesen, aber nichts im Vergleich zu den Schmerzen in den Beinen. Und wenigstens hatte danach der quälende Harndrang nachgelassen. Der Husten- und Würgereiz hingegen hatte sich noch nicht gebessert. Es war zum Verzweifeln.

Tom hörte wie ein Plastikvorhang beiseitegeschoben wurde. «Draussen wartet ein Freund von ihm», sagte eine weibliche Stimme. «Bist du so weit?»

«Ein Freund?», dachte Tom. Wer von den drei, vier Personen, die sich allenfalls als Freund ausgeben könnten, mochte das sein? Er wollte keinen Besuch! «Hallo! Stopp! Ich will keinen Besuch!»

«Sekunde … noch rasch den Beutel wechseln … der hier ist schon fast voll. Hilfst du mir mal … reichst du mir den dort drüben?» Tom hörte, dass der Mann irgendwo herumnestelte. Eine Minute später sagte er: «Okay, kannst ihn reinholen.»

Danach dauerte es nur wenige Augenblicke, bis wieder der Vorhang raschelte.

«Guten Tag. Sie möchten zu Herrn Steiner?» Tom hörte keine Antwort, aber wahrscheinlich nickte der Besucher.

«Gerber, Pflegefachmann Intensivpflege. Sie sind ein Freund von ihm?»

«Pedrotti.» Tom hörte einen tiefen Seufzer. «Ja … wir kennen uns schon lange.»

«Okay. Dann lass ich Sie einen Moment alleine. Zehn Minuten.»

«Danke.»

«Sie können ihn an den Händen berühren. Und ganz normal zu ihm sprechen.»

«Versteht er mich?»

Tom hörte nur die Frage. Keine Antwort. Vermutlich hatte Gerber den Kopf geschüttelt. Bestenfalls mit den Schultern gezuckt.

«Hallo – Tom. Ich bin's – Carlo.» Carlo artikulierte übertrieben deutlich. «Carlo – Pedrotti.»

«Ich weiss, wie du zum Nachnamen heisst», hätte er ihm gern erwidert.

«Was – machst – du – denn – für – Sachen?»

«Ganz normal sprechen», wiederholte Gerber freundlich. Dann hörte Tom wieder den Vorhang.

Danach dauerte es etwa zehn Sekunden, bis er Carlos Hand an seiner linken Schulter spürte. Weitere zehn Sekunden später merkte er, wie Carlo zudrückte. Dann rüttelte er ihn. Und plötzlich kniff er ihn! Das Arschloch kniff ihn doch tatsächlich in die Schulter! Wie alle die Mediziner, die ihn in den letzten Stunden in die Mangel genommen hatten!

Das Nächste, was er wahrnahm, war Carlos feuchtwarmen Atem, dicht an seinem linken Ohr. «Ich weiss, du kannst mich nicht hören», flüsterte er. «Die sagen, du seist hirntot.» Wieder zwei Atemzüge. «Tut mir echt leid für dich, Alter. Hast dir echt den beschissensten Zeitpunkt für deinen Abgang ausgewählt.» Wieder ein Atemzug. «Bist du jetzt immer noch der Meinung, das mit dem Karma sei Quatsch? Oder das mit dieser Weissen Hexe? Ich meine … nach all dem Irrsinn, den du angerichtet hast? Und by the way … ich bin mittlerweile fast sicher, dass *du* meine Currywurst mit Soja nachgewürzt hast. Egal … mich interessiert jetzt eigentlich nur eine Frage: Wo – ist – die – Spielquittung?»

Carlo schien sich wieder von ihm zu entfernen. «Tut mir leid, alter Junge», sagte er jetzt, lauter, als es nötig gewesen wäre – so dass man ihn sicher noch einige Meter entfernt hören konnte. «Das hast du nicht verdient. Warst immer ein guter Kamerad.»

Tom hörte ein Schniefen. Das war eindeutig ein Schniefen! «Verlogener Mistkerl! Ziehst hier eine Show ab! Warte, bis ich wieder fit bin …»

«Herr Pedrotti?» Das war Gerbers Stimme. «Ich habe die persönlichen Sachen von Herrn Steiner in diese Tasche gepackt. Doktor Köpcke sagte mir, ich solle sie Ihnen mitgeben.»

«Ja, danke!»

«Die Kleider sind hier drin. Die sind allerdings total verschmutzt und verblutet. Und wir mussten sie zerschneiden, um sie auszuziehen. Wir können sie auch hier entsorgen.»

«Nein, nein, kein Problem! Ich nehme alles mit.»

Tom hörte ein Rascheln. «Und in diesem Plastiksack ist der Inhalt aus seinen Taschen: Messer, Kleingeld, Feuerzeug … der Schlüsselbund, Portemonnaie, Brieftasche … Ledergürtel … Schuhe … Ich habe hier alles aufgeschrieben, Sie müssten mir das bitte quittieren.»

Nicht den Gürtel! Tom glaubte in seinem Körpergefängnis wahnsinnig zu werden. Ohnmächtig anhören zu müssen, wie Carlo, dem Sauhund, soeben der Schlüssel zu seinen vierundzwanzig Millionen ausgehändigt wurde! Gebt ihm um Gottes willen nicht den Gürtel!

«Sie können gerne alles kontrollieren», sagte Gerber.

«Nicht nötig, danke. Wo soll ich unterschreiben?»

Tom hörte das Kritzeln des Stiftes.

«Gut … dann mach ich mich mal auf den Weg in seine Wohnung … nach medizinischen Unterlagen suchen … Name des Hausarztes … Sie wissen schon. Bitte rufen Sie mich sofort an, wenn sich sein Zustand verändert. Meine Nummer haben Sie ja.»

«Machen wir. Und Sie geben Doktor Köpcke bitte so rasch wie möglich Bescheid, wenn Sie etwas finden?»

«Sicher! … Also, mach's gut, Alter.» Tom spürte wieder Carlos Hand an seiner Schulter.

51

Die Neurologin war die Erste, die sich vorstellte, bevor sie anfing, ihn zu untersuchen. Eliane Karlen, hiess sie. Sie sei die diensthabende Oberärztin der Neurologie. Sie klang freundlich und besonnen, fast ein wenig aufgestellt, wie Tom fand. Und sie hatte einen wohltuenden, schönen Berner Dialekt. Und so gar nichts Hektisches an sich. Und sie kündigte immer an, was genau sie als Nächstes tun würde. Als sie seine Augenlider anhob, um ihm in die Augen zu leuchten, sah er in ein lausbübisches, mit wenigen Sommersprossen verziertes, lächelndes Gesicht. Ihre roten Haare hatte sie zu einem Rossschwanz zusammengebunden.

«Sieht nicht gut aus, oder?» Das war wieder die hochdeutsche Stimme.

Tom sah, dass Karlen dem Hochdeutschen einen strafenden Blick zuwarf. Einen enorm strafenden Blick! Tom wusste nicht, was dieser Blick für ihn selber zu bedeuten hatte, aber egal! Für den Hochdeutschen war er strafend – und das fühlte sich gut an.

Sie griff nach seinen Händen. «Herr Steiner, wenn Sie mich hören und verstehen, drücken Sie bitte meine Hände.»

Tom versuchte es mit grösster Willensanstrengung, aber es gelang ihm nicht.

136

«Macht nichts», sagte sie leichthin. «Können Sie blinzeln?»

Wieder nichts. Seine Augenlider bewegten sich keinen Millimeter. Dann öffnete sie wieder sanft seine Augenlider. «Können Sie Ihre Augen seitwärts bewegen?»

Keine Chance. Es war zum Verzweifeln. Was zum Teufel war los mit ihm? Er hörte alles, fühlte alles, konnte klar denken, aber nicht einmal die mickrigste Bewegung ausführen.

«Können Sie Ihre Augen rauf und runter bewegen?»

Das funktionierte! Und im gleichen Moment, als Tom das realisierte, sah er, wie in Doktor Karlens Gesicht die Sonne aufging! Dann schaute sie freudestrahlend in die Runde und ihr triumphierender Blick blieb am Hochdeutschen hängen, bevor sie Tom wieder in die Augen sah.

«Das haben Sie sehr gut gemacht, Herr Steiner. Sie können jetzt jeweils ein Mal die Bewegung machen für ein Ja, als würden Sie nicken. Zwei Mal für ein Nein. Einverstanden? »

Tom machte eine Bewegung.

«Perfekt! Jetzt wird es ein wenig schwieriger! Wie viele Finger halte ich vor Ihr Gesicht? Machen Sie bitte für jeden Finger eine Augenbewegung.»

Tom tat es. Vier Mal.

«Wunderbar! Ich zähle jetzt ein paar Vornamen auf. Wenn ich Ihren nenne, nicken Sie einmal mit den Augen. Robert, Walter, Hans, Daniel, Thomas …»

Tom «nickte».

«Hallo Thomas!» Sie lachte. «Freut mich, Sie kennenzulernen!»

Tom «nickte» wieder.

«Gleiches Spiel mit dem Nachnamen?»

Tom «nickte».

«Gruber, Meier, Müller, Schindler, Steiner …»

Tom «nickte».

«Noch zwei, drei Sachen müssen wir klären, damit ich mir ein genaueres Bild von Ihrem Zustand machen kann.»

Dann zählte sie Wochentage auf, Zahlen und Monate, um ihn nach dem heutigen Datum zu befragen. Dasselbe tat sie für sein Geburtsdatum. Dann Städte, um herauszufinden, ob er wusste, wo er war.

«Sehr gut», sagte sie schliesslich und fügte mit schalkhaftem Gesicht an: «War nett, sich mit Ihnen zu unterhalten. Ich gehe jetzt noch einmal Ihre Röntgenbilder anschauen und werde mich mit meinem Chef beraten. Ich werde Ihnen später genau erklären, was mit Ihnen los ist.» Dann zeigte sie auf seine Beine. «Die müssen geflickt werden. Ein paar Rippen sind auch gebrochen. Das ist schmerzhaft, aber die heilen von selber. Den Beatmungsschlauch müssen wir vorerst so belassen, Sie können nicht selber atmen.» Dann streichelte sie ihm den Arm. «So weit alles klar?»

Tom «nickte» abermals. Dann konnte er sich innerlich fallen lassen und schlief ein.

52

Als Carlo im Inselparking in seinem Auto sass, leerte er den Inhalt der Tasche auf den Beifahrersitz. Zuerst nahm er sich das Portemonnaie vor. Er öffnete jedes Fach, griff hinein, kippte und schüttelte das schwarze Lederding in alle Richtungen, so dass am Ende bestimmt kein einziges Staubkorn mehr darin übrigblieb. Er fand nicht, was er suchte. Dann machte er das Gleiche mit der Brieftasche – ebenfalls erfolglos. Mit spitzen Fingern untersuchte er die Taschen der mit eingetrocknetem Blut durchsetzten Jeans. Nichts! Auch nicht in der kleinen Münztasche. Und im Plastiksack mit dem Tascheninhalt war der verfluchte Schein auch nicht. Er sah sich noch kurz den Gürtel an und griff in die Schuhe. Dann wischte er wütend alles vom Beifahrersitz auf den Boden. Sekunden später fuhr er los.

Wo konnte Tom den Schein versteckt haben? Hoffentlich nicht in seinem Auto! Wenn er ihn bei ihm zu Hause nicht fand, musste er herausfinden, wohin man das Wrack gebracht hatte. Oder hatte er ihn an die Lottogesellschaft geschickt? Wohl kaum – das würde überhaupt nicht zu ihm passen. Misstrauisch, wie er war. Nein, nein, er hatte den Schein entweder bei sich heute Morgen, oder er ist an einem sicheren Ort zu Hause. Hat er einen Banksafe?

53

Doktor Karlen begrüsste ihn, freundlich wie schon zuvor. Dann hörte er, wie sie einen Stuhl zum Bett hinzog und sich setzte.

«Also, Herr Steiner. Ich habe mit meinem Chef gesprochen und mit ihm und den Radiologen Ihre Tomografien des Hirns angeschaut. Ich denke, wir wissen jetzt ziemlich genau, was mit Ihnen los ist. Ich werde jetzt einen Monolog halten und Ihnen alles erklären. Sind Sie bereit dafür?»

Sie hob Toms Augenlider und er machte die einmalige Augenbewegung für «Ja».

«Zuerst mal … geht es mit den Schmerzen … in den Beinen … oder sonst wo? Ich möchte Ihnen erst mehr Schmerzmittel geben, nachdem wir miteinander gesprochen haben.»

In der Tat waren die Schmerzen im Moment erträglich. Nicht weg, aber erträglich. Auch der Husten- und Würgereiz war weniger stark als auch schon. Er wollte nur endlich wissen, wieso verdammt noch mal er zu keiner einzigen Bewegung fähig war. Nicht einmal atmen konnte. Er nickte wieder mit den Augen. Dann liess sie seine Lider los.

«Sie haben ja zweifellos realisiert, dass Sie sich nicht mehr bewegen und nicht mehr selber atmen können. Das ist der Grund, weshalb meine Kollegen – und auch schon die Leute vom Rettungsdienst – davon ausgegangen sind, dass Ihr Hirn schwer geschädigt ist. Dass Sie in tiefstem Koma, also in tiefster Bewusstlosigkeit sind. Dass Sie eigentlich – verzeihen Sie den Ausdruck – hirntot sind. Aber das sind Sie mitnichten, wie wir beide wissen. Im Gegenteil! Ein Grossteil Ihres Gehirns funktioniert tadellos. Der Teil, der denkt, hört, fühlt und sieht. Das ist die gute Nachricht. Haben Sie mich so weit verstanden?»

Sie öffnete seine Lider und wartete auf das Augennicken.

«Sehr gut. Die schlechte Nachricht ist, dass der Teil des Gehirns, der Sie Bewegungen ausführen lässt – und dazu gehört auch das Atmen, das Sprechen und das Schlucken –, geschädigt ist. Ihr wacher und normal funktionierender Geist und auch Ihre Körperempfindungen wie Schmerz oder Berührung sind gewissermassen gefangen. Eingeschlossen. Im eigenen Körper. Deshalb nennt man das, was Sie haben, auch Locked-in-Syndrom, zu Deutsch Eingeschlossensein-Syndrom. Die einzigen Bewegungen, die man bei einem kompletten Locked-in-Syndrom noch durchführen kann, sind Aufwärts- und Abwärtsbewegungen der Augäpfel.»

Buried – Lebend begraben! Der Filmtitel blitzte Tom durch den Kopf. *Der Graf von Monte Christo.* Lawinenopfer. Spätestens jetzt wäre er zusammengebrochen – wenn er gekonnt hätte.

«Möchten Sie, dass ich weiterfahre?», fragte Karlen und hob wieder seine Lider an.

«Natürlich! Natürlich! Sag mir einfach, wie lange dieser Horror noch dauert! Wann kann ich mich wieder bewegen? Atmen? Sprechen?» Er dachte es so intensiv, dass er meinte, seine Augen müssten ihm aus dem Kopf springen. Aber er brachte wieder nur diese vertikale Augenbewegung zustande.

140

«Die Ursache für das Locked-in-Syndrom ist der Verschluss eines bestimmten Blutgefässes in Ihrem Kopf, der Basilararterie. Dadurch wurden bestimmte Hirnareale nicht mehr mit Blut beziehungsweise Sauerstoff versorgt und deshalb haben sie ihre Funktionsfähigkeit verloren.»

«Wie lange? Verdammt noch mal! Wie lange noch?»

«Wieso dieses Blutgefäss bei Ihnen verstopft ist, können wir nicht sagen. Es kann ein Blutgerinnsel sein, das sich dort gebildet hat. Es kann auch eine Verletzung schuld sein. Wir wissen deshalb auch nicht, ob der Unfall schuld ist am Verschluss oder der Verschluss schuld am Unfall. Auf jeden Fall bekommen Sie jetzt Medikamente, die ein allfälliges Gerinnsel auflösen können.»

«Können, können, können! Ich will wissen, wie lange ich in diesem Zustand bleiben werde. Ob ich wieder gesund werde!»

«Ich will ehrlich zu Ihnen sein, Herr Steiner. Wir können im Moment nicht abschätzen, wie sich Ihr Zustand weiterentwickeln wird. In welchem Ausmass eine Besserung eintreten wird. Und wie rasch. Aber es besteht durchaus Hoffnung.»

«Es besteht Hoffnung? Das ist alles? Das heisst, es ist keineswegs sicher, ob es überhaupt besser wird?»

«Wir werden alles tun, um Ihnen zu helfen. Ich weiss von Fällen, in denen sich die Betroffenen nach einer gewissen Zeit wieder ziemlich gut erholt haben – aber Sie werden viel Geduld brauchen.»

«Ziemlich gut? Was heisst das um Gottes willen? Wie gut? Was heisst, es gibt Fälle …? Dann sind das wohl die Ausnahmen? Nicht auszudenken … nicht auszudenken … So helft mir doch um Gottes willen!»

54

Carlo drehte den Hausschlüssel zweimal um und drückte die Türklinke. Im selben Moment ging die Tür zur Nachbarswohnung auf. Zwei schwarz-weisse Katzen huschten heraus und an ihm vorbei. Dann erschien ein älterer Mann in der Tür und trat einen Schritt ins Treppenhaus. «Guten Tag», brummte er und musterte Carlo von oben bis unten. Sein Gesichtsausdruck widerspiegelte das pure Misstrauen.

«Guten Tag», erwiderte Carlo, um eine freundliche Miene bemüht.

«Sie wollen zu Herrn Steiner?» Er blickte strafend auf Carlos Hand am Türgriff.

«Ja … ich muss … äh … einige Dinge für ihn holen.»

«Soso …» Der Mann schloss seine Türe ab, ohne ihm den Rücken zuzudrehen. Und ohne ihn aus den Augen zu lassen.

«Das kann schwierig werden», dachte Carlo und zog die Tür mit einem resignierten Seufzer wieder zu. «Hören Sie, Herr Steiner hatte einen Unfall. Er ist im Spital. Hier geht alles mit rechten Dingen zu.» Wie zum Beweis hob er den Schlüsselbund in die Höhe und zeigte auf die Tasche in seiner anderen Hand. «Ich bringe einige seiner Sachen in die Wohnung und muss ein paar andere Dinge für ihn holen und ins Spital bringen.»

«Einen Unfall?»

«Ja, einen Autounfall.»

«Aber ich habe ihn doch heute Morgen noch gesehen!»

Als ob das ein Argument gegen einen Unfall wäre, du alter Narr, dachte Carlo. Kümmere dich doch am besten um deinen eigenen Kram! «Ja, demnach war der Unfall halt etwas später. Hören Sie, ich bin ziemlich in Eile. Die Ärzte warten auf mich!»

«Ist es schlimm? In welchem Spital ist er?», bohrte der Alte hartnäckig weiter.

«Im Inselspital. Und ja, es ist ernst. Mehr kann ich nicht sagen. Sie können sonst selber dort anrufen. Fragen Sie nach Frau Bieri. Oder nach Doktor Köpcke. Ich muss jetzt vorwärtsmachen. Schönen Tag noch.» Er öffnete die Tür wieder

und betrat Toms Wohnung. Den Alten liess er im Treppenhaus stehen und schloss die Tür hinter sich.

«Mal richtig lüften wäre kein Luxus», dachte er und stellte die Tasche auf den Boden. «Riecht wie in einer Zoohand-
lung.» Den Schlüsselbund legte er auf den kleinen Holztisch
im Korridor. Wo sollte er anfangen zu suchen?

55

Eine Dreiviertelstunde später hatte er die Spielquittung noch
immer nicht gefunden. Und natürlich auch keinen Spenderausweis und keine Patientenverfügung. Schränke, Schubla-
den, Regale, tausendmal den Schreibtisch, die Dosen mit
dem Futter für seine Viecher, das Gefrierfach im Kühlschrank, alles hatte er durchsucht! Auch den Inhalt der Tasche hatte er noch einmal überprüft, aber der verflixte
Schein war nirgends zu finden. Es war zum Aus-der-Haut-
Fahren. So oft wie in der letzten Dreiviertelstunde hatte er
wahrscheinlich sein Leben lang nicht geflucht. Er schritt
noch einmal die Wohnung ab und sah sich suchend in dem
Chaos um, das er angerichtet hatte. Wie ein Hurrikan war er
durch die Wohnung gefegt. Ja … Es hiess ja, es müsse
schnell gehen – die Aktion war von Köpcke gewissermassen
legitimiert worden. Und Tom konnte es ja egal sein – der
würde hier nie mehr aufräumen müssen. Was hatte er vergessen? Wo hätte er, Carlo, den Schein versteckt? Wo würde
ein Profidieb noch suchen? Hinter den Bildern und Postern!
Und in den Fotorahmen! Er hängte oder riss alles ab, schaute sich die Rückseiten an, öffnete die Rahmen. Nichts!
Nichts!

Er würde sich Toms Wagen anschauen müssen! Handschuhfach, Sonnenblende, Konsolenfach. Er wollte gerade
die Nummer der Solothurner Polizei wählen, um zu fragen,

wohin der Wagen gebracht worden sei, als sein Handy klingelte.

Die Nummer auf dem Display war ihm nicht bekannt. Entnervt nahm er den Anruf entgegen.

«Pedrotti», sagte er barsch.

Es war das Inselspital. Eine Frau Doktor Karlen. Sie würde gern möglichst bald mit ihm sprechen, meinte sie. Ob er demnächst vorbeikommen könne.

Das gehe gerade schlecht, sagte er. Er sei immer noch auf der Suche nach der Patientenverfügung. Und nach dem Organspendeausweis.

«Das ist nicht mehr nötig!», sagte sie, ohne dass in ihren Worten ein Hauch des Bedauerns mitschwang.

Er ist tot, schoss es Carlo durch den Kopf. Das könnte man einem auch ein wenig einfühlsamer mitteilen! «Ach je … schlimm … tut mir so leid … ist er noch einmal aufgewacht? Hat er noch etwas gesagt, bevor er …?»

«Nein, nein, Herr Steiner lebt! Und er ist keineswegs hirntot! Ich konnte mit ihm kommunizieren. Er ist geistig voll da!»

Carlo liess kurz den Blick durch die von ihm verwüstete Wohnung gleiten. Dann griff er sich mit Zeigefinger und Daumen an die Nasenwurzel und kniff das Gesicht zusammen, als hätte er in eine Zitrone gebissen. Aber nur Augenblicke später entspannten sich seine Züge wieder. «Also kann man jetzt mit ihm reden?»

«Er versteht jedes Wort! Aber es ist ein wenig kompliziert», dämpfte Karlen seinen aufkeimenden Optimismus.

«Und … ehm … seit wann kann er wieder verstehen?», fragte er vorsichtig und mit eingezogenem Kopf.

«Wahrscheinlich hat er die ganze Zeit alles mitbekommen. Aber ich möchte Ihnen das nicht am Telefon erklären.»

144

56

Toms Beine waren noch in der Nacht operiert worden. Carlo hatte ihn nicht mehr besuchen können. Aber mit dieser Frau Doktor Karlen hatte er gesprochen – oder sie mit ihm. Dicke Post, die sie ihm da aufgetischt hatte. Von diesem Locked-in-Syndrom hatte er noch nie gehört. Und einiges von dem, was sie ihm erzählt hatte, hatte er gar nicht richtig aufnehmen können. Oder schon wieder vergessen. Der blanke Horror! Gefangen im eigenen Körper! Und soweit er sie verstanden und zwischen den Zeilen gelesen hatte – zu einer konkreten Äusserung hatte sie sich ja nicht verleiten lassen –, war die Prognose ziemlich beschissen. Möglicherweise lebenslänglich!

Lieber tot! Definitiv lieber tot!

Zu Hause angekommen startete er den PC auf. *Locked-in-Syndrom* gab er ins Suchfeld von Google ein. Dann klickte er die Seite von Wikipedia an:

Das Locked-in-Syndrom (engl.; dt. Eingeschlossensein- bzw. Gefangensein-Syndrom) bezeichnet einen Zustand, in dem ein Mensch zwar bei Bewusstsein, jedoch körperlich fast vollständig gelähmt und unfähig ist, sich sprachlich oder durch Bewegungen verständlich zu machen.

Kommunikationsmöglichkeiten nach aussen ergeben sich meist nur durch die erhaltene vertikale Augenbeweglichkeit, und wenn auch diese verloren gegangen ist, durch eine Messung der Pupillenerweiterung. Die Verwendung eines Brain-Computer-Interfaces ist eine weitere Möglichkeit, dem Betroffenen die Kommunikation mit der Aussenwelt zu ermöglichen. Der Hörsinn ist völlig intakt. Fragen, die mit «ja» oder «nein» beantwortet werden können, kann mancher Erkrankte durch Augenbewegungen oder Augenzwinkern beantworten. Wenn gar keine willentliche Muskelaktivität vorhanden ist, spricht man vom vollständigen

Locked-in-Syndrom (completely locked-in-syndrome, CLIS).

Das entsprach ziemlich genau dem, was die Ärztin ihm erzählt hatte. Sie hatte aber noch von einer «Buchstabiertafel» gesprochen, mit deren Hilfe man mit Locked-in-Patienten kommunizieren konnte. Das war es! So würde er sich mit Tom verständigen!

Tja, und dieser Zustand, in welchem Tom sich jetzt befand, war – bei allem unvorstellbar Schrecklichen – nicht einmal das Schlimmste, was ihm hätte passieren können:

«Viele Patienten mit einem LiS werden nicht als solche erkannt …», las er auf einer anderen Seite. Das bedeutete, dass niemand merkte, dass diese Menschen klar im Kopf waren und alles um sie herum und an ihnen mitbekamen! Dass sie als «nicht ansprechbare» Komapatienten ihr Dasein fristen mussten, bis sie, manchmal erst nach Jahren, entweder starben, gestorben wurden – ohne gefragt zu werden, natürlich – oder sich in seltenen Fällen wieder erholten. Carlo schauderte bei dem Gedanken. Und wieder erschien das Bild der Weissen Frau in seinem Kopf. Diesmal mit besonders hässlicher Fratze.

Donnerstag, 26. September 2019

57

Eine Woche war seit dem Unfall vergangen. Geändert hatte sich nicht viel. Sie hatten seine Beine geflickt, was ihm, so wie es im Moment aussah, nicht mehr viel nützen würde. Zumindest nicht in nächster Zeit. Aber, okay, er hatte wenigstens keine Schmerzen mehr. Und sie hatten ihm einen Luftröhrenschnitt verpasst, der Beatmungsschlauch steckte jetzt nicht mehr in seinem Mund, sondern vorn im Hals. Und eine Nährsonde hatte er bekommen, direkt durch die Bauchdecke hindurch in den Magen.

Der einzige winzige Fortschritt, den er in Bezug auf sein Körpergefängnis gemacht hatte, war der, dass er seit gestern wieder blinzeln konnte. Die Augenlider öffnen und schliessen. Immerhin ein Lichtblick – im wahrsten Sinne des Wortes.

Mehrmals hatte er mit Hilfe der Buchstabiertafel, welche die Ergotherapeutin für ihn organisiert hatte, seinen Betreuern zu verstehen gegeben, dass er nicht mehr ernährt werden wolle. Beatmung, ja. Ersticken wollte er nicht. Nicht bei vollem Bewusstsein. Denn Kostproben von Ersticken hatte er in den letzten Tagen schon einige gehabt, weil die Kanüle immer wieder verstopfte, die in seinem Hals beziehungsweise in seiner Luftröhre steckte. Wegen des zähen Schleims, den seine Raucherbronchien produzierten. Bis die vom Pflegepersonal dann jeweils kamen, wenn der Monitor Alarm schlug, durchlebte er jedes Mal die Hölle. Die Hölle in der Hölle. Nein, nicht ersticken! Aber ernährt werden wollte er nicht mehr. Das Ganze musste ein Ende haben! So bald wie möglich. Bloss verzweifelt und hoffnungslos zu sein brachte einen ja leider nicht um. Jedenfalls nicht schnell genug. Man musste nachhelfen. Er wollte jetzt sterben! Jetzt!

Aber niemand ging auf seinen Wunsch ein. «Sie sind depressiv, Herr Steiner, was normal ist in Ihrer Situation. Haben Sie Geduld», war, was er zu hören kriegte. Oder «Seien Sie zuversichtlich», «geben Sie die Hoffnung nicht auf.» Die ganze Zeit musste er sich solche Sprüche anhören. Den gleichen Mist von allen, Ärzten, Pflegepersonal, Psychologen, Ergotherapeuten, Physiotherapeuten. Das Ganze hatte darin gegipfelt, dass sie den Spitalpfarrer auf ihn angesetzt hatten, der irgendetwas von «Bestimmung» und «göttlicher Vorsehung» gefaselt hatte. «Will Sie nicht mehr sehen», hatte er ihm sehr bald per Buchstabiertafel zu verstehen gegeben.

Ja, der Pfarrer war schon nach wenigen Tagen bei ihm aufgetaucht. Aber auf die Dame von *Exit* hatte er bis gestern warten müssen. Und gebracht hatte es nichts. Aktive Sterbehilfe sei nicht erlaubt. Und passive gehe leider nicht, weil er beim Sterben so gar nicht mithelfen könne.

Frau Doktor Karlen hatte ihm zwei Bücher besorgt. Erfahrungsberichte von Patienten, die es aus dem Locked-in-Syndrom herausgeschafft hatten. Eines von einer Frau, das andere von einem Mann. Die Idee dahinter war wohl nicht, dass er die Bücher jetzt lesen solle – umblättern beispielsweise war schwierig für ihn. Und sein Sehvermögen war auch nicht einwandfrei, da er wegen der gelähmten Augenmuskeln nicht seitwärts schauen und deshalb den Zeilen nicht folgen konnte. Aber sie hatte es gut gemeint und ihm beweisen wollen, dass alles möglich war. «Wie viele Erfahrungsberichte gibt es von Menschen, die es nicht geschafft haben?», hatte er sie gefragt. Darauf hatte sie nicht geantwortet, ihm aber einen guten Humor attestiert. Und sie hatte noch einmal versucht, ihm klarzumachen, wie viel «Glück im Unglück» er doch gehabt habe. Nachdem er ihr nämlich hatte schildern können, dass er vor dem Unfall Lähmungserscheinungen an Armen und Beinen gehabt habe, war für sie klar gewesen, dass sich seine Basilararterie nicht verletzungsbedingt verschlossen hatte, sondern durch ein Gerinnsel. Und diese Gerinnsel hätten statistisch eine Mortalitätsrate von gegen 70 Prozent – im Gegensatz zu den verletzungsbedingten Verschlüssen, die nur in etwa 40 Prozent zum Tode führen würden. «Glück» nannte sie das!

In den seltenen Momenten, in denen er nicht mit dem eigenen Schicksal haderte, musste er immer wieder an seine Opfer aus Hägendorf denken. Es tat ihm leid, was dort geschehen war. Und das, was ihm jetzt widerfuhr, sah er schon auch als eine Art ausgleichende Gerechtigkeit. Allerdings, so fand er, hatte das Schicksal überreagiert. Für die beiden in Hägendorf war das Ganze doch kurz und einigermassen schmerzlos gewesen. Rasch vorbei und erledigt. Er hingegen musste jetzt bei lebendigem Leib, oder besser bei lebendigem Geist, auf nicht absehbare Zeit in der Hölle schmoren. Ständig auf dem Grillfeuer, sozusagen. Ganz ausgeglichen war die Bilanz also nicht. Nicht einmal, wenn man als zusätzlichen Minuspunkt noch seinen Versuch berücksichtigte, Carlo mit der Sojasauce aus dem Gewinnverteiler zu entfernen. Und leider würden ihm jetzt auch die vierundzwanzig Millionen nichts mehr nützen. Oder die zwölf. Das einzig Positive an der Sache war, dass er bestimmt nicht auf dem Thorberg landen würde. Obschon, ein normales Gefängnis würde er seinem derzeitigen Kerker tausendfach vorziehen. Millionenfach!

Nein. Sterben! Er wollte einfach nur sterben! Unbedingt und so bald wie möglich!

Carlo war der Einzige, der ihn als Privatperson besuchte. Jeden Tag. Darüber war er froh. Also nicht, dass er jeden Tag auftauchte, sondern dass er der Einzige war. Er hatte klar zum Ausdruck buchstabiert, dass er sonst keinen Besuch wünsche. Niemanden! Auch Carlo hätte er am liebsten verbannt, aber irgendwie … vielleicht konnte er ihm auf gewisse Weise noch von Nutzen sein. Das ist es wohl, was

Carlo auch von ihm dachte. Er tauchte bestimmt nicht aus Nächstenliebe bei ihm auf, auch wenn er mit aller Kraft genau diesen Eindruck zu erwecken versuchte. Auch beim Pflegepersonal. Ein richtiger Schleimer war er! Übler als seine Raucherbronchien! Das Einzige, was ihn interessierte, war der Gewinnschein. Erstaunlicherweise hatte er ihn noch nicht gefunden. Und wenn doch, hätte Carlo mit dem Schein alleine nichts anfangen können. Nicht ohne ein Risiko einzugehen. Denn woher sollte er wissen, ob er, Tom, die Lottogesellschaft nicht schon kontaktiert und sich als Gewinner geoutet hatte?

Nein, nein! Carlo hatte bei seinem ersten Besuch – als man noch davon ausging, er sei hirntot – klar zum Ausdruck gebracht, dass ihn nur die Kohle interessierte.

Die Physiotherapeutin riss ihn aus seinen Gedanken. «So, Herr Steiner, Zeit für Gymnastik!»

58

Um seinen im Nachhinein unglücklichen Auftritt damals auf der Intensivstation wieder ein Stück weit gutzumachen, hatte Carlo Toms Wohnung wieder hergerichtet. Es hatte Stunden gedauert und Tom ja nicht wirklich etwas genützt, aber *ihm* hatte es ein gutes Gefühl gegeben. Das Gefühl, irgendwie Abbitte geleistet zu haben. Abgesehen davon war dieser Nachbar, Hugentobler hiess er, unterdessen von Tom beauftragt worden, sich um seinen Zoo zu kümmern. Den Alten hätte der Schlag getroffen, wenn er die Wohnung in derart zerzaustem Zustand angetroffen hätte. Den Wohnungsschlüssel hatte er ihm deshalb erst nach der Aufräumaktion ausgehändigt.

Er war jetzt auf Toms Goodwill angewiesen. Nur durch ihn konnte er an den Gewinnschein kommen. Er hatte sich für das, was er bei seinem ersten Besuch gesagt hatte, entschuldigt. Er sei an dem Tag komplett übermüdet und genervt gewesen. Von der Heimfahrt aus Deutschland. Und auch überfordert. Einerseits gesundheitlich nach seinem allergischen Schock, andererseits auch durch die Situation auf der Intensivstation. Tom schien ihm das Ganze auch nicht weiter nachzutragen, jedenfalls hatte er seine Entschuldigung mit Hilfe der Buchstabiertafel mit einem simplen «O – K» quittiert.

Die letzten Tage hatte er ihn auch nicht mehr auf den Schein angesprochen. Und Tom selber hatte auch nicht davon angefangen. Im Moment schien es ja, als bliebe noch genug Zeit dafür. Natürlich war er ungeduldig und wäre lieber heute als morgen an das Geld gekommen, aber eigentlich eilte es nicht allzu sehr – der Schein musste einfach innerhalb von sechs Monaten eingelöst werden. Die Frage war nur, wie lange Tom es noch machte. Mal sehen. Vielleicht würde er ihn heute wieder darauf ansprechen.

Carlo trat aus dem Lift. Es roch nach Desinfektionsmittel. Rechts stand auf dem feucht glänzenden Boden ein gelbes Warnschild: *Vorsicht Rutschgefahr.* Wenige Meter den Korridor hinunter war ein hagerer, graumelierter Mann mit einer Reinigungsmaschine zugange. Vorsichtigen Schrittes ging Carlo an ihm vorbei Richtung Intensivstation. Er drückte die Ruftaste neben der verschlossenen Milchglastür und wartete. Sekunden später hörte er eine weibliche Stimme aus dem kleinen Lautsprecher oberhalb der Ruftaste. «Ja, bitte?»

«Pedrotti. Ich möchte zu Herrn Steiner.»

In der Tür summte und klickte es kurz, dann öffnete sie sich und er trat ein. Eine Pflegerin, die er noch nie gesehen hatte, kam ihm zügigen Schrittes entgegen. «Guten Tag, Herr Pedrotti. Ich bin Frau Allemann», sagte sie. «Intensivpflegefachfrau.»

«Freut mich.»

«Ich bringe Sie zu ihm, bitte folgen Sie mir.» Sie drehte sich um und Carlo heftete sich an ihre in wenig eleganten, aber sicher bequemen Gesundheitsschuhen steckenden Fersen.

«Besuch für Sie», sagte sie, als sie Toms Platz erreichten. Sie kontrollierte kurz den Sitz des Beatmungsschlauches, warf einen Blick auf den Infusionsständer und beobachtete einen Moment den Monitor oben am Kopfende des Bettes. Dann zupfte sie Toms Bettdecke zurecht. «Die Buchstabiertafel liegt dort auf dem Nachttisch», sagte sie noch und verschwand.

Tom lag leicht auf die linke Seite gedreht. Reglos wie immer. Nur sein Brustkasten hob und senkte sich langsam, synchron mit dem zischenden Geräusch aus dem Beatmungsgerät. Dieses Geräusch, die grüne, gezackt über den schwarzen Hintergrund des Monitors laufende Kurve und ein leiser, rhythmischer Piepton waren die einzigen für Carlo wahrnehmbaren Lebenszeichen.

«Hallo Tom.»

War das ein Blinzeln?

«Hast du eben geblinzelt?», fragte er vorsichtig und sah ganz genau hin. Da war es wieder! Eindeutig! Tom bewegte seine Lider! «Ha! So geil!», entfuhr es ihm. Schuldbewusst hielt er sich den Mund zu und schaute sich verlegen um. Dann wieder leiser und an Tom gerichtet: «Sorry!»

Dann fischte er den *Blick* aus der Innentasche seiner Jacke und griff nach der Buchstabiertafel.

59

Carlo hatte ihn anhand der *Blick*-Schlagzeilen über das aktuelle Geschehen auf der Welt informiert. Er hatte ihm Bilder gezeigt, die er offenbar als sehenswert erachtete, und in holprigem, mit Versprechern gespicktem Deutsch einzelne Textpassagen vorgelesen: Messi sei möglicherweise durch Schummelei zum Weltfussballer gekürt worden, Trump wolle die Flüchtlingsaufnahmen um die Hälfte reduzieren, mögliche Gründe, warum Männer keine Lust auf Sex hätten, Hausbesitzer verprügelt vier Einbrecher, Behrami aus dem Nati-Kader gestrichen … Als Carlo fertig war, hatte er noch einmal demonstrativ suchend die ganze Zeitung durchgeblättert und sie dann schulterzuckend zur Seite gelegt.

«Über die Sache in Hägendorf steht nichts mehr drin», sagte er wie beiläufig und scheinbar desinteressiert.

«Jetzt kommt's!», dachte Tom.

«Ja, ja … so ist das …» Carlo streckte die Arme aus und drückte ächzend den Rücken durch. «Dann würde ich mich langsam wieder auf den Weg machen … muss noch in die Stadt … paar Einkäufe machen, bevor die Läden schliessen.»

«Ja», blinzelte Tom und dachte: «Lass dich nicht aufhalten!»

«Übrigens … ich weiss, du hast gerade andere Sorgen. Aber hast du dir noch Gedanken gemacht, wie wir jetzt das mit … mit unserem Deal hinkriegen wollen?»

«Nein.»

«Hmm … möchtest du, dass ich dir einen Vorschlag mache? Dir sage, was ich mir überlegt habe?»

«Ja.» Bin ich jetzt aber sehr gespannt.

Carlo rückte auf seinem Stuhl näher ans Bett heran und beugte sich vor. «Okay.» Er räusperte sich. «Hattest du schon Kontakt mit der Lottogesellschaft?» Das Wort Lottogesellschaft flüsterte er so leise, dass Tom es kaum verstehen konnte.

«Ja.» Tom sah, wie Carlos Gesichtszüge entgleisten. Nur kurz. Aber Tom konnte problemlos das gross geschriebene Wort «SCHEISSE» auf Carlos Stirne lesen.

«Gut … ähm … also … Und hast du denen gesagt, wer du bist? Deinen Namen?»

«Nein.» Tom las «Gott sei Dank» in Carlos Gesicht.

«Hattest du einen Termin mit denen? Am Tag, als du verunglückt bist?»

«Ja.» Tom kam das Ganze vor wie ein TV-Quiz. Da gab es doch vor hundert Jahren diese Sendung im Deutschen Fernsehen mit Robert Lembke. *Was bin ich? Das heitere Beruferaten* oder so. Die Kandidaten durften Fragen zu ihrem Beruf auch nur mit «Ja» oder «Nein» beantworten. Und für jedes «Nein» gab es ein 5-Mark-Stück ins Sparschweinerl des Kandidaten … maximal 50 Mark. Die Gewinnsumme war nicht ganz so hoch wie jene, um die es jetzt ging, aber sonst …

«Hast du den … den Zettel … hast du den noch?»

Tom liess sich Zeit mit der Antwort. Es verschaffte ihm Genugtuung zu sehen, dass Carlo vor Ungeduld fast platzte. Wie sein Blick verzweifelt an seinen Lidern hing. Ich bin zwar der Doppelmörder, dachte Tom. Aber der grössere Sauhund von uns beiden bist du. Eigentlich schade, hat es mit der Sojasauce nicht geklappt … «Ja.»

Carlo atmete tief durch und liess sich nach hinten in den Stuhl fallen. Dann nickte er, wie so ein Wackeldackel. Eine gefühlte Ewigkeit lang. Schliesslich fuhr er sich mit dem Handrücken über die Stirn und beugte sich wieder vor.

«Wenn ich den Zettel hätte, könnte ich mich um die Angelegenheit kümmern … die Sache für uns erledigen. Wie wir es vereinbart haben.» Er sah sich vorsichtig um, bevor er kaum hörbar fortfuhr: «Halbe-halbe! Du müsstest mir einfach noch sagen … also … mitteilen, wie du mit denen von der Lottogesellschaft verblieben bist.»

Tom reagierte nicht.

«Was meinst du zu meinem Vorschlag?», hakte Carlo Sekunden später nach.

«Ja.»

«Yesss», zischte Carlo gepresst und ballte beide Fäuste zu einer triumphierenden Geste. Und Augenblicke später gelobte er mit erhobenem Zeigefinger und einem Grinsen, so breit, dass sich die Mundwinkel fast hinten am Kopf berührten: «Du wirst es nicht bereuen, mein Freund!»

«Nicht gerade ein Pokerface, was du da zeigst», dachte Tom. «Wenigstens *das* kann ich im Moment besser als du.»

Carlo platzierte die Buchstabiertafel, auf welcher neben dem Alphabet auch die Ziffern von 0 bis 9 aufgeführt waren, etwa einen halben Meter vor Toms Gesicht und machte sich bereit, mit dem Stift über die Buchstaben zu fahren. «Dann könntest du mir jetzt angeben, wo ich den Zettel finde?»

«Nein.»

Carlos Mimik erstarrte. «Nein?»

«Nein.»

«Aber du hast doch vorhin *Ja* gesagt … ich meine … was willst du denn?» Carlo begann langsam mit dem Stift über die Buchstabiertafel zu gleiten – und jeweils über dem Buchstaben oder der Ziffer zu verharren, bei welcher Tom blinzelte.

«3 … T-A-G-E»

«Drei Tage? Was meinst du damit?» Carlo sah ihn verständnislos an.

«K-O-M-M … W-I-E-D-E-R»

«Komm wieder … Komm wieder? Du willst, dass ich in drei Tagen wieder zu dir komme?»

«Ja.»

«Und dann wirst du mir sagen, wo der Zettel ist?»

«Ja.»

Sekunden später realisierte Tom, dass er keine Luft mehr bekam – obschon das Beatmungsgerät rhythmisch weiterzischte. Genau das Gefühl, wie wenn man willentlich den Atem anhält, um zu tauchen … nur dass er sich nicht zuvor mit mehreren kräftigen Atemzügen mit Sauerstoff hatte sättigen können. Bereits nach wenigen Sekunden schienen sein Brustkorb und der Kopf zu platzen.

«Okay, und warum soll ich …» Weiter kam Carlo nicht. Der Alarm ging los.

60

Es hatte etwa zwanzig Sekunden gedauert, bis Frau Allemann und zwei Pfleger angerauscht kamen. Allemann hatte Carlo wortlos zur Seite geschoben und nach einem kurzen Blick auf den Monitor den Beatmungsschlauch von der Kanüle getrennt, die vorne in Toms Hals steckte. In Windeseile streifte sie Handschuhe über, zog mit flinken Fingern eine zweite, dünnere Innenkanüle aus der Hauptkanüle heraus und warf sie in eine Schale am Kopfende von Toms Bett. Dann riss sie einen bleistiftdicken Plastikkatheter aus der Verpackung, steckte das eine Ende in einen dickeren, durchsichtigen Schlauch und drückte irgendwo an den Geräten auf einen Schalter, worauf ein kontinuierliches Sauggeräusch einsetzte. Dann führte sie den Katheter in Toms Kanüle ein und schob ihn vorsichtig vor, bis das Sauggeräusch mit einem leisen «Plopp» verstummte. Sie zog den Katheter zurück … es saugte wieder … sie schob ihn wieder vor … wieder das «Plopp». «Maximaler Sog!», befahl sie, worauf einer der Pfleger an den Geräten herumhantierte. Das Sauggeräusch wurde lauter und hochfrequenter. Sie schob den Katheter wieder vor … das Sauggeräusch verstummte wieder … ertönte wieder … Carlo hörte und konnte sich bildlich vorstellen, wie eine zähe Glibbermasse portionenweise und unendlich langsam in den Katheter gesogen wurde. Toms Gesicht verfärbte sich derweil zusehends dunkelblau, während er unaufhörlich blinzelte. «Arme Sau», dachte Carlo, während er das Geschehen mit schreckensweiten Augen verfolgte. «Kratz jetzt bloss nicht ab!» Dann beobachtete er, wie Allemann den Katheter langsam zurückzog. Als die Katheterspitze zum Vorschein kam, hing an dieser ein braungelber, drei Zentimeter langer Zapfen aus zähem und scheinbar zappeligem Schleim. Carlo glaubte, unverzüglich kotzen zu müssen, konnte sich aber knapp beherrschen. Allemann schwenkte den Katheter zur Seite und streifte ihn an einem Papier ab. Einer der Pfleger setzte eine frische Innenkanüle ein und dockte den Beatmungsschlauch wieder an. Während Allemann und ihre Kollegen auf den Monitor starrten, konnte Carlo beobachten, wie Toms Brustkorb sich wieder regelmässig hob und senkte. Und wie die blaue Farbe aus seinem Gesicht wich. Und wie er aufhörte zu blinzeln.

Allemann zog die Handschuhe aus und stellte den Alarm ab. «Alles gut, Herr Steiner», konstatierte sie und tätschelte Tom die Schulter. «Alles gut!» Und an ihre Kollegen gerichtet: «Macht ihr bitte noch rasch fertig?», was wohl heissen sollte, dass die das widerliche Zeug entsorgen und aufräumen mussten. Dann sah sie Carlo an und bedeutete ihm, ihr zu folgen.

«Das passiert halt immer wieder», bemerkte sie unaufgeregt, als sie draussen im Korridor standen. «Typisch, bei tracheotomierten Rauchern.»

61

Bei jeder Gelegenheit hatte er den Wunsch geäussert, nicht mehr ernährt zu werden. Er hatte versucht, dies eindringlich zu tun – aber wie? Ohne Mimik und Gestik!

«W-I-L-L … S-T-E-R-B-E-N.»

Die Unterredung mit Carlo, wenn man dem so sagen konnte, und die nachfolgende Episode, bei der er wieder beinahe elendiglich krepiert wäre, hatten in seinem Kopf etwas bewirkt. Hatten irgendwie seine Gedanken geordnet … aufgeräumt, als wenn ein Housekeeping-Team in seinem Oberstübchen im Einsatz gewesen wäre. Repariert hatten sie zwar nichts – aber wenigstens aufgeräumt.

Seltsamerweise hatte nach dem letzten Anfall einer seiner ersten Gedanken Carlos Testament gegolten. Er hatte daran gedacht, wie grotesk nutzlos dieses Testament mittlerweile geworden war. Da er leider nicht der unbesiegbare Roman-FBI-Agent Jerry Cotton war («ich war nackt und gefesselt – und deshalb doppelt so gefährlich»), hatte Carlo nichts mehr von ihm zu befürchten. Aber der Gedanke an dieses Testament hatte ihn auf eine Idee gebracht. Und das erste Mal erwähnte er Frau Doktor Karlen gegenüber seinen Sterbewunsch nicht mehr. Dafür äusserte er ein anderes Anliegen:

«A-N-W-A-L-T.»

«Sie möchten einen Anwalt sprechen?», fragte sie, erstaunt und freundlich zugleich.

«Ja.»

«Okay … einen bestimmten Anwalt? Kennen Sie einen?»

«Nein.» Egal, dachte Tom. Nur nicht jener von Carlo.

«Soll ich Ihnen einen … irgendeinen organisieren?»

«Ja.»

«Und … ist es dringlich?»

«Ja.»

«Möchten Sie sonst noch etwas sagen? Soll ich ihm oder ihr etwas ausrichten?»

«Ja.» Dann präzisierte er mit Hilfe der Buchstabiertafel: «B-R-I-E-F.»

Sie sollte einen Brief für ihn schreiben.

Freitag, 27. September 2019

Einen Tag nachdem Doktor Karlen den Brief für ihn geschrieben hatte, der jetzt in einem zugeklebten Umschlag in seiner Nachttischschublade lag, stellte sie ihm den Anwalt vor. Rossetti hiess er. Marco Rossetti. Er war schlank, gross, mit einem schmalen, freundlichen Gesicht und einer dünnrandigen Nickelbrille. Die schwarzen Haare trug er in Form einer akkuraten Scheitelfrisur. Nicht so eine, wie sie heutzutage die meisten Fussballer und die jungen, mit tiefer gelegten und nicht bezahlten BMWs herumröhrenden Schnösel trugen. Mit den ultrakurzen Seiten- und Nackenpartien. Eher so, wie man sie früher trug, wie die alten Hollywoodstars, Clark Gable, Gary Grant oder so. Tom fand den zirka Vierzigjährigen auf Anhieb sympathisch. Karlen instruierte Rossetti im Umgang mit der Buchstabiertafel und schrieb ihm ihre interne Telefonnummer auf, falls er oder Tom sie brauchen würde.

Tom spürte sofort, dass Rossetti sich unwohl fühlte. Unbehaglich. Oder einfach unsicher. Wahrscheinlich war er sich derartige Klienten und Locations nicht gewohnt. Aber das machte ihn in Toms Augen noch sympathischer. Irgendwie menschlich, halt.

Als Karlen gegangen war, hatte es einen Moment gedauert, bis ihre Kommunikation in Gang gekommen war. Aber jetzt schien Rossetti mit der Situation und insbesondere mit der Buchstabiertafel einigermassen klarzukommen. Und er hatte auch schnell gelernt, dass man mit Ja-Nein-Fragen am schnellsten vorwärtskam.

«Also, Herr Steiner», fragte er, nachdem er sich zuerst in angemessener und auf empathische Weise nach Toms Befinden erkundigt hatte. «Was kann ich in juristischer Hinsicht für Sie tun?»

«2 … W-Ü-N-S-C-H-E.»

63

Rossetti hatte den Gürtel rasch gefunden, nachdem Hugentobler die Wohnung für ihn aufgeschlossen hatte. Und weil er wusste, wo suchen, fand er auch problemlos das Geheimfach mit dem Spielschein. Er klaubte ihn vorsichtig heraus, entfaltete ihn und strich ihn auf dem Küchentisch glatt. Dann betrachtete er ihn andächtig. «Unglaublich», dachte er. «Absolut unglaublich. Wie nah doch Glück und Pech beieinander sein können!» Als er sich satt gesehen hatte, schrieb er auf eine Schreibkarte «Gewinnschein Lotto». Dazu notierte er die zehnstellige Nummer, die oberhalb des Barcodes auf dem Schein stand. Dann holte er einen Briefumschlag hervor, den er zuvor beschriftet und mit Datum versehen hatte. In diesen Umschlag steckte er den Schein, er klebte ihn zu und verstaute ihn in der Innentasche seines Kittels. Damit hatte er den ersten Wunsch seines Klienten erfüllt. Er sah sich noch kurz um, dann ging er ins Badezimmer. Er holte einen zweiten, etwas grösseren Umschlag hervor, ebenfalls schon beschriftet, in welchem sich bereits der verschlossene Brief befand, den Tom ihm im Spital anvertraut hatte. Zu diesem Brief legte er die Schreibkarte mit der Nummer des Spielscheins – und die Zahnbürste mit den ziemlich abgewetzten Borsten, die er im Zahnglas fand. Diesen Teil seiner Aufgabe hatte er nicht begriffen, der Klient hatte keine weitere Erklärung dazu abgeben wollen. Aber egal … er machte, was man von ihm verlangte. Dann klebte er auch diesen zweiten Umschlag zu. Wenig später fuhr er zurück in seine Kanzlei.

Sonntag, 29. September 2019

Obschon das Ausmass seiner Verzweiflung bereits grenzenlos war, schaffte Tom es doch jeden Tag, noch weiter ins Elend zu versinken. Wie viel? Wie viel musste er noch ertragen? Wie lange noch? Nicht genug, dass er wahrscheinlich bis in alle Ewigkeit bei klarstem Verstand wie ein totes Stück Fleisch herumliegen musste. Nicht genug, dass ihm vom Herumliegen alles wehtat. Nicht genug, dass er immer wieder diese höllischen Erstickungsanfälle hatte! Und dass er ständig sabberte. Nein, es kamen täglich neue Nettigkeiten dazu. Juckreiz zum Beispiel! Immer wieder und an allen möglichen Stellen! Oder diese winzigen Mücken, deren an sich leises Surren er mittlerweile wie eine Zahnwurzelbehandlung ohne Lokalanästhesie empfand. Zeitweilig lief ihm der Rotz aus der Nase – wenn er Glück hatte, nicht direkt in den Mund. Und dann, kaum zu glauben, das Einzige, was sich neben seinen Augenlidern und den Augäpfeln ab und zu bewegte, war doch tatsächlich sein Schwanz! Alles andere an dir ist tot, aber du hast mehrmals täglich einen Ständer! Und das, nachdem diesbezüglich in den letzten Jahren kaum mehr etwas los war mit dir! Wie pervers ist das denn! Und – wie peinlich!

Aber das Allerschlimmste war, dass er nicht einmal im Schlaf Ruhe fand. Diese schrecklichen Träume! Vor allem dieser eine Horrortraum, der ihn immer und immer wieder heimsuchte. Da war dieser gesichtslose, schmächtige Golfer, der ihm fortwährend Golfbälle zuspielte. Die Golfbälle waren aber keine Golfbälle, sondern Lottokugeln. Solche, wie sie für die Ziehung verwendet wurden. Weisse Kugeln mit schwarzen Zahlen. Er, Tom, stand in einem Green und die

Kugeln rollten jeweils über den Rasen auf ihn zu. Und jedes Mal, wenn sie ihn fast erreicht hatten, verschwanden sie vor ihm in einem suppentellergrossen, schwarzen Loch. Egal, wie unpräzis der Mann die Kugeln spielte oder wo er, Tom, sich auch hinbewegte – das Loch stellte sich immer zwischen ihn und die Kugeln und sog diese ein wie ein riesiger Staubsauger, sobald sie in seine Nähe kamen. Und irgendwo hinter Tom wurde jedes Verschwinden einer Kugel mit einem vulgären Frauenlachen quittiert.

«Hol sie raus», jammerte der Golfer unablässig. «Hol sie um Gottes willen raus ...» Und irgendwann – und obschon Tom auch im Traum wusste, dass er es nicht tun sollte – ging er auf die Knie und kroch auf das Loch zu. Er spürte den Sog, der immer stärker wurde, je näher er dem Loch kam. Und wenn er innehielt und sich sträubte weiterzukriechen, kam das Loch auf ihn zu. Dicht davor, stützte er sich mit beiden Händen am Rand des Loches ab, versuchte mit gestreckten Armen dem Sog entgegenzuwirken. «Hol sie raus» ... und immer wieder das dreckige Frauenlachen. Und dann musste er in das Loch hineinschauen. Er konnte nicht anders. Es sog nicht nur seinen Körper, sondern auch seinen Blick unwiderstehlich an. Er wollte die Augen schliessen, aber das ging nicht. Er *musste* hineinschauen. Und was er sah, war nichts als Schwärze! Es roch auch schwarz. Und er fühlte, wie die Kraft nach und nach aus seinen Armen wich, wie sie schwächer wurden. Wie er sich nicht mehr gegen den Sog wehren konnte ... bis es ihn in einer spiralförmigen Bewegung in die Tiefe riss! Und von diesem Moment an hatte er keinen Körper mehr. Es war gleichsam nur noch sein Geist, der mit rasender Geschwindigkeit abwärtsgewirbelt wurde. Je tiefer er gelangte, desto stiller wurde es ... bis er plötzlich einen hellen Punkt sah, der langsam grösser wurde. Und näher kam. Dann setzte dieses klägliche Wimmern ein, das schnell zu einem angstvollen Schreien anwuchs, bis

162

er aus dem Loch in einen mit Scheinwerfern grell ausge-
leuchteten Raum katapultiert wurde. In einen weiss geka-
chelten, eiskalten Raum. Ohne Fenster, ohne Türen. Ohne
Ausgang. Leer, bis auf einen Metalltisch in der Mitte des
Raumes. Und auf diesem – auf blankem Metall – lag bäuch-
lings die Quelle dieser schrecklichen Schreie: ein nackter,
verzweifelt strampelnder Säugling. Tom will ihm helfen,
will ihn vom kalten Metalltisch nehmen, ihn irgendwie wär-
men. Aber er kann nicht … wie denn, ohne Körper? Wie
eine Drohne schwebt er über der hilflosen Kreatur, verharrt
zunächst hoch unter der Decke. Dann nähert er sich ihm
langsam von oben herab. Langsam und vorsichtig. Und je
mehr er herabsinkt, je näher er dem Säugling kommt, desto
mehr nimmt er diesen bestialischen Gestank wahr. Einen
Geruch, den er nicht kennt. So riecht der Tod, denkt er. Und
es ist nicht materielle Fäulnis, die er damit meint, nicht einfach Verwesungsgeruch. Nein, so riecht der Tod! Und dann,
nur noch auf Armeslänge von diesem Säugling entfernt,
dreht sich dieser plötzlich blitzschnell um, wirbelt um die
eigene Achse – und vor Tom liegt eine dämonisch grinsende,
alte Zwergin mit weissen Haaren.

65

Die Sache mit der verstopften Kanüle hatte Carlo ziemlich
beeindruckt. Ekelhaft war es gewesen. Beklemmend. Nicht
auszudenken, wenn sie es nicht geschafft hätten, dafür zu
sorgen, dass er wieder Luft bekam.

Emotional fühlte Carlo sich in Bezug auf Tom – und auf
dessen Situation – hin und her gerissen. Einerseits tat er ihm
unendlich leid, denn das, was dem armen Kerl widerfuhr,
wünschte man nicht einmal seinem ärgsten Feind. Andererseits war Tom doch ein Mörder. Hatte eigenhändig zwei

Menschen gekillt. Und vermutlich – genau wusste er es ja eigentlich immer noch nicht – hatte er auch versucht, ihn zu beseitigen.

Was ihn aber im Moment am meisten beschäftigte, ihn verärgerte und beunruhigte, war, dass Tom ihm nicht hatte sagen wollen, wo die verdammte Spielquittung war! «Komm wieder in drei Tagen» … was sollte der Blödsinn? Er hatte ihn nicht danach fragen können.

Die drei Tage waren um und Tom lebte noch, wie er telefonisch herausgefunden hatte. Um neun Uhr habe er seine Physiotherapie, gegen zehn, halb elf würde es passen für einen Besuch.

Kurz nach zehn stand er neben Toms Bett. «Status quo», dachte Carlo. «Hallo Tom», sagte er, sah dabei aber nicht in Toms Augen, sondern auf dessen Brustkasten. Ob der sich auch hob und senkte, wie es sich gehörte. Er tat es. Beruhigt zog Carlo einen Stuhl heran und setzte sich.

«Und? Gibt's was Neues bei dir?»

«Nein.»

«Okay …» Weil er nicht allzu direkt mit der Tür ins Haus fallen wollte, wedelte Carlo mit einem zusammengerollten Exemplar des *Blicks* in der Luft. «Lust auf Tagesaktualitäten?»

«Nein.»

«Okay … steht sowieso nichts Weltbewegendes drin. YB hat gestern drei zu zwei gewonnen. Gegen Sion. Aebischer, Nsame und Fassnacht haben eingelocht.» Er legte die Zeitung auf den Nachttisch. «Möchtest du sonst etwas von mir hören? Soll ich dir etwas vorlesen?»

«Nein.»

«Möchtest du etwas sagen?»

Keine Reaktion.

Carlo schielte auf Toms Brustkasten: Rauf … runter … «Buchstabiertafel?», hakte er nach.

«Ja.»

Sekunden später begann Tom ihm seine Mitteilung zuzublinzeln.

«S-C-H-E-I-N … B-E-I … A-N-W-A-L-T.»

«Ah!» Carlo merkte, wie das Blut aus seinem Kopf wich. Er legte die Buchstabiertafel auf seinen Schoss. Mist, verfluchter! Hatte Tom Angst gehabt, er würde ihm den Schein abjagen, oder was? Kein Wunder, hatte er das Ding nirgends gefunden!

«Und jetzt?», fragte er und versuchte beherrscht zu bleiben. Erst als Tom mehrmals blinzelte, realisierte er, dass die Buchstabiertafel noch auf seinem Schoss lag. «Sorry!»

«K-R-I-E-G-S-T … I-H-N.»

Carlo hoffte, dass niemand den Brocken hörte, der ihm vom Herzen fiel. «Gut! Sehr gut. Und was muss ich tun? Soll ich mich bei diesem Anwalt melden?»

«W-A-R-T-E … Z-U-E-R-S-T … W-E-G-E-N … L-O-T-T-O-G-E-S-E-L-L-S-C-H-A-F-T.»

«Du möchtest mir mitteilen, wie du mit der Lottogesellschaft verblieben bist?» Carlos vom riesigen Steinbrocken befreites Herz machte Freudensprünge.

«Ja.»

Dann buchstabierte Tom ihm auf mühsame Weise, dass er mit einem Herrn Messerli gesprochen habe. Dass er seine Identität nicht preisgegeben habe. Dass sie sich an jenem verhängnisvollen Tag um elf Uhr im Pantheon in Muttenz verabredet hätten. Und: Dass der Schein am Bahnhofkiosk in Hägendorf gespielt worden sei.

«Ist das alles, was ich wissen muss?», fragte Carlo schliesslich.

Die Sekretärin, mit welcher er gesprochen habe, heisse Hiermeyer, fügte Tom noch an. Er, Carlo, müsse sich halt etwas einfallen lassen, wieso er nicht zum vereinbarten Termin erschienen sei.

«Okay, okay. Sehr gut! Danke, Tom.» Carlo tippte die Informationen in seinem Handy ein. «Aber eben … der Schein selber?»

«K-R-I-E-G-S-T … I-H-N … V-O-N … A-N-W-A-L-T.»

«Ja, sehr gut! Aber … soll ich mich bei ihm melden? Wie heisst er?»

«M-E-L-D-E-T … S-I-C-H … B-E-I … D-I-R.»

«Auch gut», sagte Carlo leichthin. Obwohl es ihm wesentlich lieber gewesen wäre, wenn er die Initiative hätte ergreifen können. «Und wann? Einfach, damit ich mich ein wenig darauf einstellen kann.»

«S-O-B-A-L-D … I-C-H … T-O-T … B-I-N.»

66

Dieser Ausdruck! Oder vielmehr diese Fratze! «Nicht gerade wie jene der Zwergin aus meinem Albtraum», dachte Tom. «Aber immerhin!» Carlos Gesichtszüge waren doch ganz ordentlich entgleist. Sein Unterkiefer und die Buchstabiertafel fielen praktisch gleichzeitig herunter. Die Buchstabiertafel landete auf Toms Bauch, der Unterkiefer blieb an Carlos Gesicht hängen.

«Was soll das?», zischte es aus ihm heraus wie heisser Dampf aus einem Dampfkochtopf. Und händeringend: «Überleg doch mal!» Dann sah er sich suchend um, als wäre da jemand, der ihm beipflichten könnte. Ihm helfen könnte, den offensichtlich verwirrten Geist in diesem lahmgelegten Körper zur Raison zu bringen. Aber da war niemand. «Hör zu, Tom … das ist doch Blödsinn … ich meine … du weisst doch ganz genau, dass der Gewinn nach sechs Monaten verfällt!»

«Ja», antwortete Tom und dachte: «Natürlich weiss ich das! Das ist ja der Witz am Ganzen.»

«Eben! Und die Ärzte sagen, das mit dir könnte noch … du könntest noch Jahre leben! Jahrzehnte!»

Und das soll mich jetzt aufheitern, oder was? Tom zeigte bewusst keine Reaktion. «Wenn du mir die Tafel zeigen würdest», dachte er, «könnte ich es dir erklären.»

«Hast du das verstanden? Jahre!», wiederholte Carlo.

«Ja.»

«Was bezweckst du denn damit? Willst du mich … bestrafen? Ist es Neid?»

«Nein»

«Nein was?» Carlo ergriff wieder die Tafel und hielt sie Tom vor.

«H-A-S-T … E-S … S-E-L-B-E-R … I-N … D-E-R … H-A-N-D.»

«Hä?» Carlo sah so begriffsstutzig aus, als hätte man versucht, ihm die Relativitätstheorie zu erklären.

«T-Ö-T-E … M-I-C-H.»

67

Tom war nicht von seiner Forderung abzubringen. Sämtlichen Argumenten – und Carlo hatte deren viele – hatte Tom sich verschlossen. Sturer Esel! Was dachte er sich eigentlich? Für wen hielt er ihn? Er war doch kein Mörder – im Gegensatz zu ihm! Das hatte er ihm klar und deutlich zu verstehen gegeben.

Er habe auch getötet, um an den Schein zu kommen, hatte Tom gemeint. Na und? Niemand hatte ihn dazu gedrängt. War seine Entscheidung gewesen. Und vor allem: Auch falls – und das hatte er mehrfach betont – *falls* er sich dazu bereit erklären sollte, ihm den Gefallen zu tun … Wie sollte er das anstellen? Tom wurde noch auf unbestimmte Zeit rundum überwacht. Monitorisiert, mit Alarmsystemen, die sofort anzeigten, wenn etwas war. Einfach den Beatmungsschlauch abhängen würde jedenfalls nicht funktionieren – das war ihm ja eindrücklich demonstriert worden. Und er, Carlo, müsste ja auch irgendwie damit durchkommen, sonst würde das Ganze keinen Sinn machen. Zumindest nicht für ihn.

«Dein Problem», hatte Tom gemeint, nachdem er versucht hatte, ihm darzulegen, wie schwierig oder eigentlich unmöglich es war, dessen Wunsch zu erfüllen.

Wenn schon, müsste er Tom unbemerkt etwas verabreichen können. Etwas, das erst wirken würde, wenn er schon gegangen wäre. Ein Gift! Aber welches? Und woher? Eine Überdosierung eines Medikamentes? Man könnte es ihm direkt über diese Magensonde verabreichen. Blöd wäre nur, wenn es eine Autopsie gäbe. Aber würde es das? In so einem Fall? Wahrscheinlich nicht. Er müsste sich etwas überlegen. Irgendetwas aus einem Krimi, Film, Buch. Im Internet recherchieren wäre heikel, so viel wusste er. Die konnten einem später auf die Schliche kommen. Aber vor Jahren hatte er doch diesen Krimi gelesen … *Samenspende* … Der Täter hatte doch dieses Gift selber hergestellt … Rizinus oder so? Vielleicht wäre das etwas? Er hatte das Buch noch irgendwo.

168

Montag, 28. Oktober 2019

68

Die letzten vier Wochen hatte Carlo ihn nicht mehr besucht. Und er hatte auch sonst nichts von ihm gehört.

Nicht, dass er seine Gesellschaft vermisst hätte – aus dem *Blick* konnte ihm auch jemand anderes vorlesen –, aber er hätte ihn gern wenigstens noch einmal hier gehabt. *Dieses eine Mal!* Denn an seinem Zustand hatte sich in diesen Wochen praktisch nichts geändert. Er steckte immer noch in diesem kleinsten aller denkbaren Gefängnisse. In diesem teuflischen, ausbruchsicheren Kerker, den er sich mit zahlreichen Dämonen teilen musste. Panik, Langeweile, Depression, Verzweiflung und Hoffnungslosigkeit waren einige davon. Und immer wieder dieser eine Albtraum … mit dem Baby …

Immerhin, er war etwas seltener geworden, dieser traumgewordene Horror. Er suchte ihn nicht mehr ausnahmslos in jedem Schlaf heim. Es kam sogar vor, dass er erwachte und sich nicht erinnern konnte, geträumt zu haben, was ihm dann einige kurze und bescheidene Momente von Glückseligkeit verschaffte. Und manchmal, manchmal träumte er sogar, Carlo würde ihm seinen Wunsch erfüllen. In diesem Traum schloss Carlo ihm sanft und wortlos die Lider, die sich wie eine dunkelblaue Leinwand vor seine Augen senkten, auf welche sogleich ein warmes, orangerotes Licht projiziert wurde. Am ehesten vergleichbar mit einem Sonnenuntergangshimmel, wie er ihn zu «Lebzeiten» nur einmal in Key West hatte bestaunen dürfen. Dabei empfand er Wärme, Geborgenheit und Ruhe, war mit sich im Reinen und genoss diesen wunderbaren Geruch! Den Geruch nach Holz … Pinie oder Redwood? Aber im Traum war dieses Licht vergänglich, blasste kontinuierlich ab. Mal langsamer, mal schneller, bis alles zunächst weiss –

und am Ende schwarz war. Und mit dem Licht verflüchtigten sich auch die damit verbundenen Empfindungen. Und er erwachte. Und alles war schlimmer als zuvor!

Nächste Woche sei seine Verlegung auf die Pflegeabteilung geplant, hatte man ihn gestern wissen lassen. Er hatte verlangt, dass man Carlo darüber informieren solle. Vielleicht konnte ihn das dazu bewegen, eine neue «Risikoanalyse» anzustellen. Auf der Pflegeabteilung, so stellte er sich vor, würde er weniger intensiv überwacht werden, so dass sich doch irgendwann und irgendwie eine Gelegenheit ergeben müsste! Toms Todessehnsucht war grösser denn je, wurde mit jedem Tag stärker. Und er war nach wie vor überzeugt, dass Carlo bis jetzt nicht «zugeschlagen» hatte aus Angst, erwischt zu werden! Nicht aus ethischen oder moralischen Gründen. Nicht weil er Skrupel hatte. Okay, Skrupel hatte er wahrscheinlich schon auch, aber wohl kaum genug, um deswegen auf vierundzwanzig Millionen zu verzichten! Aber vielleicht müsste er Carlo helfen. Ihm einen Weg und Mittel aufzeigen, wie er es anstellen konnte. Letztes Mal hatte er ihm gesagt, es sei «sein Problem». Er war davon ausgegangen, das Geld müsse für ihn Motivation genug sein, einen Weg zu finden. Aber klar, einfach war es nicht. Seine ganze Hoffnung ruhte nun auf dem bevorstehenden Wechsel in die Pflegeabteilung.

Eine Hoffnung, die gleichzeitig vergeblich und unberechtigt war. Und unnötig obendrein – denn eine Viertelstunde nachdem er dies gedacht hatte, am Morgen des 28. Oktober 2019, um zehn Uhr dreizehn, war Tom tot. Ganz tot.

69

Kann man gleichzeitig Trauer, Freude und Angst empfinden? Im selben Moment? Wenn ja, war es genau das, was mit Carlo passierte, als er die Nachricht von Toms Ableben erhielt. Trauer, weil ein Mensch gestorben war, den er auch jetzt nicht gerade als «besten Freund» bezeichnen mochte, zu welchem er aber doch eine Beziehung gehabt hatte, die über das Normale hinausgegangen war. Ein Mensch, der ihm die letzten Wochen nicht gerade einfach gemacht hatte, der aber selber auch in einer unbeschreiblich schwierigen Situation gewesen war. Und der hatte leiden müssen, auf eine Art und in einem Ausmass, wie sich das kaum jemand vorstellen konnte. Freude, weil schlagartig ein enormer Druck von ihm genommen wurde. Der Druck, töten zu müssen. Freude auch, weil er jetzt nur noch einen winzigen Schritt davon entfernt war, ein enorm reicher Mann zu sein. Und damit verbunden dann auch die Angst. Angst, dass doch noch etwas dazwischen kommen könnte.

Eine Verstopfung im Bereich der oberen Atemwege sei die Todesursache gewesen. Carlo wusste, wovon der Mann sprach, der ihm die Nachricht überbracht hatte und dessen Namen er schon wieder vergessen hatte. Man habe sofort reagiert und alles versucht, Toms Atemwege frei zu kriegen. Dies sei schliesslich auch gelungen, aber zu spät. Das Herz habe diesmal den Stress nicht ausgehalten und das habe zum Exitus geführt. Akutes Herzversagen. Er habe nicht lange leiden müssen, hatte er noch angefügt, wohl in der Meinung, dass er ihm noch etwas Tröstliches mitgeben müsse. Aber Carlo hatte immer noch diese Bilder im Kopf! Toms dunkelblau anlaufendes Gesicht, das hilflose Blinzeln, der widerliche, blutegelartige Schleimzapfen, den man aus seinen Atemwegen herausgeholt hatte. Nein, es gab es nichts schönzureden. Tom war elendiglich krepiert.

Carlo versprach, gegen zwei Uhr nachmittags vorbeizukommen, um Toms persönliche Dinge abzuholen. Und um sich mit dem Bestatter zu treffen. Es gab ja niemanden sonst, der sich darum kümmern würde. Und so viel sei er dem Verstorbenen schuldig, hatte er gesagt.

Nach dem Telefonat sass er noch einen Moment reglos da, dann ging er in die Küche und legte eine Kapsel in die Nespresso-Maschine. Noch während der Kaffee leise plätschernd lief und ein köstliches Aroma verbreitete, kam er auf eine andere Idee und riss die Kühlschranktür auf. Leise pfeifend inspizierte er den kargen Inhalt, schliesslich streckte er die Hand nach der Flasche aus, die seit einer Ewigkeit unbeachtet ganz hinten im untersten Fach lag. «Wenn nicht jetzt, wann dann?», sagte er sich und holte die Flasche heraus. «Kupferberg Gold, Sekt, weiss, trocken», las er laut von der Etikette, mit einem Singsang, als würde er die Flasche an einer Auktion anpreisen. «Lidl, drei Franken siebzig, Nuttendiesel erster Klasse!», fuhr er im gleichen Ton fort, als er das Preisschild entdeckte. Bei nächster Gelegenheit würde er sich etwas Edleres leisten. Irgendeine Flasche Dom Sowieso oder Veuve de Dingsbums.

Er trank drei Gläser und stiess jeweils mit seinem Spiegelbild im Küchenfenster an. Anschliessend ging er runter in den Bastelraum.

Er zog Plastikhandschuhe an, holte einen Kehrichtsack hervor und wischte alles, was sich auf dem alten Kunststofftisch befand, mit wenigen Handbewegungen in den Kehrichtsack. Das Grünzeug, die rotbraun marmorierten Rizinus-Bohnen, Mörser, Knoblauchpresse, leere Gläser und das eine Glas mit dem weissen Pulver. Und nach einigem Zögern landete auch das abgegriffene Exemplar von *Samenspende* in dem Sack. «Hätte wahrscheinlich sowieso nicht funktioniert», brummte er leise. Er sprühte den Tisch mit Desinfektionsmittel ein und wischte ihn mit Haushaltpapier ab. Beides entsorgte er zusammen mit den Handschuhen ebenfalls im Müllsack. Den knöpfte er zu und trug ihn hoch zum Müllcontainer vorne an der Strasse.

70

Nachdem Rossetti vom Inselspital über den Tod des Klienten Steiner orientiert worden war, hatte er die beiden Briefe aus dem Safe geholt und sie vor sich auf den Schreibtisch gelegt. Jenen, dessen Inhalt und Zweck er begriff, und den anderen. Wie auch immer – er hatte klare Anweisungen zu befolgen. Er sah auf die Uhr. Kurz vor Mittag. Er würde diesen Carlo Pedrotti am frühen Nachmittag anrufen und ihn fragen, ob er den Brief in seiner Kanzlei abholen möchte. Andernfalls müsste er ihn ihm bringen. Auf jeden Fall musste der Brief persönlich übergeben werden. Eine Sendung per Post oder Kurier war angesichts des Inhaltes ausgeschlossen. Auf den «Rätselbrief» hingegen klebte er eine Marke. A-Post. Seine Sekretärin konnte ihn am Abend nach Büroschluss mit der übrigen Post aufgeben. Damit würde seine Aufgabe bereits erledigt sein.

71

Toms Abdankung war in vier Tagen angesetzt. In der Kapelle des Krematoriums Bern. Anschliessend Urnenbeisetzung auf dem Bremgartenfriedhof, der nordwestlich ans Inselareal angrenzte, nur durch die schmale Friedbühlstrasse davon getrennt.

Sie hatten die Todesanzeige für die Zeitung besprochen und er hatte zwanzig Leidzirkulare bestellt. Viel zu viel – er wusste nicht, an wen er die alle versenden sollte. Der Trauerredner – kein Pfarrer – würde sich mit ihm in Verbindung setzen, um ein bisschen was über Tom zu erfahren. Das mit dem Grabstein würden sie später klären.

Auf jeden Fall wollte er die Angelegenheit mit der Lottogesellschaft noch vor der Abdankung regeln. Die Voraussetzungen dafür waren ausgezeichnet, denn er hatte bereits kurz nach Mittag, unmittelbar bevor er den Bestatter getroffen hatte, den Anruf von Toms Anwalt gekriegt. Er habe etwas für ihn, hatte der gesagt. Was für ein obergeiler Satz!

Carlo stand vor dem Eingang zur Kanzlei an der Gerechtigkeitsgasse 29. *Rossetti Lehmann, Rechtsanwälte.* Es war kühl in dem alten Treppenhaus. Und es roch nach alten Steinen. *Bitte läuten und eintreten,* stand auf dem Messingschild neben der Tür. «Dann machen wir das doch», dachte er und merkte, dass sein ohnehin schon schneller Puls noch einen Gang höher schaltete. Er rieb die feuchten Hände an der Hose trocken und drückte den Knopf. Durch die Tür hindurch hörte er gedämpft ein Dingdong. Dann trat er ein.

«Guten Tag», sagte er zu der grauen Eminenz hinter dem Empfangspult, die, wie er fand, gut zum Geruch der alten Steine passte. Sicher über sechzig, eher siebzig. Silbergraue, zu einem Dutt hochgesteckte Haare mit schwarzen Strähnen. Schwarzer Rollkragenpullover. Sie wirkte extrem streng! Wie früher Fräulein Schürch, seine Lehrerin in der dritten und vierten Klasse. Bis sie ihn ansah und lächelte!

«Grüss Gott! Sie müssen Herr Pedrotti sein! Herzlich willkommen! Rechtsanwalt Rossetti erwartet Sie bereits.»

Fräulein Schürch war nie so freundlich gewesen. Und so gelächelt hatte sie auch nie. «Oh! Vielen Dank! Bin ich zu spät?» Wusste sie, dass sie einen angehenden Multimillionär vor sich hatte und war deshalb so freundlich?

«Ach, wo denken Sie hin!», sagte sie mit einem Augenzwinkern und machte eine abwiegelnde Geste.

Nein, ihre Freundlichkeit war echt! Sie trat hinter dem Empfangspult hervor und Carlo stellte mit Erstaunen fest, dass sie High Heels trug. Nicht gerade jene Art, für die man einen Waffenschein brauchte, aber immerhin. Und: Sie konnte darin gehen!

Er stellte sich Fräulein Schürch auf High Heels vor.

«Bitte, hier entlang.» Sie führte ihn durch einen mit einem Riemenboden ausgelegten Korridor, von welchem beidseitig Zimmer abgingen. Die Wände waren mit alten, durch Spotlights angestrahlten Stichen geschmückt, welche die Stadt Bern aus verschiedenen Blickwinkeln und zu verschiedenen Epochen zeigten. Vor der hintersten Tür rechts blieb sie stehen und klopfte dezent.

«Ja», tönte es dumpf durch die Tür. Sie öffnete sie.

«Herr Pedrotti.»

«Soll reinkommen.»

Fräulein Schürch – die lächelnde, freundliche Variante – hielt ihm die Tür auf und winkte ihn an sich vorbei. «Bitte schön.»

«Danke.» Er trat zögerlichen Schrittes in den Raum, der genau so aussah, wie er sich ein altehrwürdiges Anwaltsbüro vorstellte. Ein *grosses* altehrwürdiges Anwaltsbüro! Bücher, Bücher, Bücher. Holzboden, Stuckaturen an der Decke, schwere, dunkle Möbel: ein antiker Schreibtisch von der Grösse eines Billardtisches mit zwei Besucherstühlen, ein ovaler Besprechungstisch und eine Sitzecke mit einem Ledersofa und zwei Sesseln. Perserteppiche unter dem Besprechungstisch und unter der Ledergruppe. An der bücherfreien Wand drei Diplome in goldigen Holzrahmen. Das Einzige, was nicht in dieses Büro passte, war der Anwalt. Ihm hätte er etwas Moderneres zugedacht.

«Herr Pedrotti!», rief er aus, stand von seinem Schreibtisch auf und kam ihm mit ausgestreckter Hand entgegen. «Danke, dass Sie es so kurzfristig richten konnten.»

Sie schüttelten sich die Hände, dann zeigte Rossetti auf den Besprechungstisch. «Bitte, nehmen Sie doch Platz!»

«Kaffee? Tee? Wasser?», fragte Fräulein Schürch von der Türe aus.

«Danke, nein …» Carlo hob abwehrend die Hände. «Ich habe vorhin schon …»

175

«Für mich auch nichts. Danke, Frau Salvi!»

Frau Salvi schloss die Tür. «Salvi» passte besser als «Schürch».

«Tja, Herr Pedrotti … zunächst mal mein herzliches Beileid. Traurige Sache!» Er unterstrich seine Worte mit einer bedauernden Geste und einem betroffenen Blick.

«Stimmt», dachte Carlo – und war sich gerade nicht sicher, ob er bisher angemessen bedrückt aufgetreten war. Er versuchte sofort, seine Miene und die Körpersprache ein wenig in Richtung «bedrückt sein» zu korrigieren, begann mit einem tiefen Atemzug und gesenktem Blick und sagte «Danke». Und ja, das sei wirklich eine sehr traurige Sache. «Aber was will man? So ist das Leben!»

Rossetti pflichtete ihm bei und sie gerieten kurzum ins Philosophieren. Über das Leben und Sterben. Das Leben und Sterben im Allgemeinen und jenes von Tom im Speziellen. Aber nicht lange. Rossetti schien nicht viel Zeit zu haben, wie Carlo aus dessen verstohlenem Blick auf die Uhr schloss. Und er, Carlo, hatte nicht viel Lust. «Ich will eigentlich nur endlich dieses verfluchte, kleine Stück Papier», motzte er in Gedanken.

Und als hätte Rossetti ebendiese Gedanken lesen können, beendete er ihre kleine *Sternstunde Philosophie* mit einem Seufzer und einem gedehnten «Wie auch immer». Dann tappte er mit beiden Händen auf den Tisch. «Nun, wenn es Ihnen recht ist, würde ich jetzt gern zur Sache kommen.» Er sah Carlo fragend an.

«Ja, von mir aus gern. Ich will Sie ja auch nicht länger aufhalten.»

«Gut!» Wieder ein kurzes Auf-den-Tisch-Tappen, dann stand er auf, ging zu seinem Billardschreibtisch und kam mit einem Couvert zurück. Er legte es vor Carlo auf den Tisch und setzte sich wieder.

Carlo Pedrotti, stand auf dem Couvert. Sonst nichts.

176

«Herr Steiner hat mir aufgetragen, das hier sicher aufzubewahren. Und im Falle seines Todes sei es unverzüglich an Sie zu übergeben. Er habe Ihnen den Inhalt versprochen.» Rossetti machte eine bedeutungsschwangere Pause. Dann legte er den Finger auf das Couvert. «Sie wissen, was da drin ist?», fragte er und sah Carlo forschend an.

Carlo blieben die Worte im Hals stecken. Er musste sich räuspern. «Ja, ich weiss es», brachte er schliesslich krächzend hervor.

72

«Ich habe den Mann in der Leitung, der sich vor Wochen als Hauptgewinner gemeldet hat und dann nicht zum Treffen mit dir erschienen ist», sagte Hiermeyer. «Nimmst du ihn?»

Messerli konnte gut den missbilligenden Unterton aus ihren Worten heraushören. «Ist gut, danke», sagte er ohne weiteren Kommentar.

«Messerli», meldete er sich Sekunden später. Wenn er gewollt hätte, hätte er auch freundlicher gekonnt.

«Guten Tag, Herr Messerli», begrüsste ihn der Mann. Er klang zurückhaltend. «Wir hatten am 19. September ein Treffen im Pantheon vereinbart … und ich bin nicht gekommen.»

«Ja, das habe ich gemerkt.»

«Tut mir leid. Ich muss mich in aller Form dafür entschuldigen. Ich war in der Aufregung zu schnell gewesen. Zu unbedacht. Dann hatte ich plötzlich Zweifel … war verunsichert. Ob nicht vorher das eine oder andere zu klären sei … wegen meiner Ex-Frau … allfälliger Wohnsitzwechsel … Steuervor- und Nachteile … na ja … solche Dinge eben … Sie wissen schon.»

«Jaja, derartige Überlegungen sind mir bekannt.» Immer wieder das Gleiche, dachte Messerli. Kaum kommen sie zu

Geld – ohne etwas dafür geleistet zu haben, notabene –, reuen sie schon die Steuern. «Aber ein Anruf wäre hilfreich gewesen.»

«Ich weiss … tut mir leid.»

«Wie auch immer …» Messerli hatte keine Lust, weiter rumzuplänkeln. «Also … wie möchten Sie jetzt vorgehen?»

«Könnten wir uns wieder im Pantheon verabreden?»

«Kein Problem. Wann schlagen Sie vor?»

«Morgen?»

«Uuuuh nein, geht leider nicht.» Messerli wusste, schon bevor Carlo den Vorschlag machte, dass er «Uuuuh nein, geht leider nicht» sagen würde. Unabhängig davon, welchen Zeitpunkt er vorschlagen würde. Zwei, drei Tage Wartezeit würde das Versetztwordensein den anderen schon kosten. Diese kleine Vergeltung gönnte er sich. «Lassen Sie mich nachsehen. Heute haben wir Montag … ich könnte frühestens … ja, am Donnerstag. In drei Tagen. Elf Uhr.»

«Ah … ja dann … also gut.»

Messerli spürte die Enttäuschung am anderen Ende der Leitung und genoss sie.

Donnerstag, 31. Oktober 2019

73

Carlo traf eine Dreiviertelstunde vor dem vereinbarten Termin im Pantheon ein. Er löste ein Ticket für die Oldtimersammlung und begab sich ins erste Obergeschoss, wo der *Rundgang durch das Museum zur Geschichte der Mobilität* begann. Von dort schlenderte er dann der spiralförmig nach unten führenden Rampe entlang, vorbei an den zahlreichen, zum Teil skurril anmutenden Exponaten. Auf die audiovisuelle Führung verzichtete er. Auch fürs Studium der Beschriftungen mit den technischen Details nahm er sich nicht Zeit. Und vor allem stand ihm nicht der Sinn danach. Er begnügte sich damit, die Oldtimer einfach zu bestaunen und es darüber elf Uhr werden zu lassen.

Um fünf Minuten vor elf betrat Carlo das Restaurant und liess seinen Blick schweifen. Er erkannte ihn sofort. Oft genug hatte er in den letzten Tagen das füllige Gesicht mit der Hornbrille und dem schmalen, grauen Haarkranz auf der Homepage von Swisslos gesehen. Messerli sass hinten links allein an einem Vierertisch. Carlo fand den Platz sehr geeignet für ein «konspiratives» Treffen. Erstens standen die nächsten Tische ein gutes Stück weit entfernt und zweitens waren deren Plätze frei. Carlo ging zügigen Schrittes auf ihn zu.

«Herr Messerli?»

Messerli sah von der Getränkekarte auf. «Der bin ich.» Er stand auf und reichte ihm die Hand. «Freut mich, Herr …?»

«Pedrotti. Carlo Pedrotti. Freut mich auch.»

«Schön, dass es diesmal geklappt hat», sagte er mit leicht vorwurfsvollem Beiklang. Er deutete auf den Stuhl vis-à-vis von ihm. «Wollen wir uns setzen?»

Das taten sie. Und wenig später bestellten sie die Getränke. Messerli Kaffee und Wasser. Carlo dachte zuerst an Champagner, entschied sich dann aber doch für eine Cola Zero.

«Tja, Herr Pedrotti, noch einmal herzliche Gratulation – auch im Namen der Schweizerischen Landeslotterie. Muss ja ziemlich aufregend sein für Sie!»

«Oh ja, das kann man sagen!» Carlo lachte kurz auf. «Ziemlich aufregend! Passiert einem ja nicht jeden Tag!»

«Nein, das passiert einem tatsächlich nicht jeden Tag.»

Nachdem die Bedienung die Getränke gebracht hatte, griff Messerli nach einer braunen Ledermappe, die auf dem Stuhl zu seiner Rechten lag. Er öffnete den Schnappverschluss, holte einen dünnen Stapel Papiere hervor, einen linierten Schreibblock und einen schwarzen Federhalter. Den Schreibblock positionierte er direkt vor sich, den Stapel rechts davon. Er schraubte den Deckel vom Federhalter, steckte ihn aufs hintere Ende und prüfte mit einem kurzen Strich oben rechts auf dem Schreibblock, ob das Ding auch funktionierte. Dann öffnete er den Kaffeerahm, goss ihn in die Tasse und rührte vorsichtig um.

«Gut», sagte er schliesslich. «Dann müsste ich jetzt bitte einen Ausweis sehen. Pass, Identitätskarte oder Führerausweis.»

Carlo holte seine Identitätskarte aus dem Portemonnaie und reichte sie Messerli. Der machte mit dem Handy eine Fotografie davon. Von beiden Seiten. Dann notierte er schön leserlich Namen, Geburtsdatum und die Ausweisnummer auf dem Schreibblock. «Danke!», brummte er und gab Carlo die Karte zurück. Dann fragte er ihn nach seiner Adresse und notierte diese ebenfalls. «Und jetzt müssten Sie mir wohl die Spielquittung zeigen.»

Carlo zögerte. Was, wenn der Typ dann einfach aufstand und mit dem Schein verschwand?

Messerli schien seine Gedanken zu lesen. «Haben Sie eine Kopie davon?»

«Ja … mehrere.»

«Gut. Und vielleicht möchten Sie mit Ihrem Handy noch ein Foto machen?»

«Gute Idee», fand Carlo.

«Im Übrigen bekommen Sie von mir nachher eine Quittung mit sämtlichen wichtigen Angaben.»

Carlo fingerte den Schein umständlich aus dem Portemonnaie und hielt ihn Messerli hin.

Messerli rückte seine Brille zurecht und warf einen prüfenden Blick darauf. «Okay …» Er machte sich ein paar Notizen. «Wollen Sie jetzt noch die Fotos machen?»

Carlo nickte. Er holte sein Handy heraus und machte drei Bilder, jeweils aus verschiedener Distanz. Dann prüfte er auf dem Display das Ergebnis. «Voilà!», sagte er und steckte Messerli den Schein wieder zu.

Messerli nahm ihn vorsichtig entgegen. «Haben Sie den selber eingelöst?», wollte er wissen.

Mit dieser Frage hatte Carlo gerechnet. «Ja.»

«Und wo, wenn ich fragen darf?»

Auch diese Frage überraschte ihn nicht. «Am Bahnhofkiosk in Hägendorf.»

Messerli nahm einen Schluck Kaffee und machte wieder eine Notiz. Carlo hatte seine Cola noch nicht angerührt.

«Sie wohnen in Ostermundigen, haben Sie vorhin angegeben.» Das war keine Frage, sondern eine Feststellung. Eine, die Carlos Puls beschleunigte. Und das «Aha», welches Messerli von sich gab, nachdem Carlo seinen Wohnsitz bestätigt hatte, empfand er auch nicht gerade als beruhigend.

«Habe Sie schon öfters gespielt?» Mit dieser Frage hatte er nicht gerechnet.

«Immer wieder mal … zwischendurch?»

«Immer die gleichen Zahlen? Oder jedes Mal andere?»

«Immer andere.»

«Und wieso … wieso gerade Hägendorf?» Messerli lehnte sich zurück und sah Carlo durchdringend an.

Carlo merkte, dass ihm der Schweiss auf die Stirne trat.

«Weil … einfach … wieso nicht?»

Messerli reagierte nicht, sah Carlo einfach nur an. Endlos lange Sekunden. Dann plötzlich hob er wortlos die Spielquittung in die Höhe, als wenn er sie allen im Lokal zeigen wollte. Carlo verstand nicht, was die Geste sollte. Sein verwunderter Blick sprang vom hochgehaltenen Schein zu Messerlis ausdruckslosem Gesicht und schweifte danach durch das Lokal. In der Nähe des Einganges standen zwei sportliche Mittdreissiger von ihrem Tisch auf. Sie kamen direkt auf Messerli und ihn zu und blieben an ihrem Tisch stehen.

«Polizei», sagte der grössere von ihnen und hielt Carlo seinen Ausweis unter die Nase. «Würden Sie bitte mitkommen!»

Es war Raubmord! Hägendorfer Doppelmord geklärt
Das junge Hägendorfer Ehepaar verlor sein Leben wegen eines 24-Millionen-Lottogewinns! Der Täter, T. S., ein 54-jähriger Mann aus Bern, ist tot.

Am 12. September dieses Jahres wurde die Polizei zu einem Leichenfund im Hägendorfer Quartier Gnöd gerufen (Blick berichtete). Am Tatort: Zwei Tote – ein Mann und eine Frau – und ein unverletztes Baby. Jetzt herrscht Gewissheit: Ein Lotto-Gewinnschein über sagenhafte 24 Millionen Franken war das Tatmotiv.

Genauer Tathergang unklar – ein Einzeltäter?
Das mysteriöse Verbrechen ist geklärt. Die Staatsanwaltschaft bestätigt auf Anfrage von Blick, dass T. S. als Mörder feststeht. Die Beweise seien eindeutig, der genaue Tathergang bleibe jedoch unklar, da T. S. selber nicht mehr zur Tat befragt werden könne. Er sei vor Tagen an den Folgen eines schweren Verkehrsunfalls verstorben. Unklar sei zurzeit auch, wie der Täter bereits unmittelbar nach der Ziehung von dem Supergewinn erfahren habe und ob er als Einzeltäter gemordet habe. Bisher lägen keine Hinweise vor, dass Opfer und Täter sich gekannt hatten.

Mörder selber liefert Beweismittel
Beweismittel ist die Zahnbürste von T. S. Diese wurde den Fahndern per Briefpost zugestellt, zusammen mit einem Hinweis auf die Tat in Hägendorf. Absender: der Mörder selber. Von der Zahnbürste konnte DNA gewonnen werden, die mit jener, die am Tatort gesichert wurde, identisch ist.

Komplize bei Einlösung des Gewinnscheins verhaftet
Der bei der Polizei eingegangene Brief enthielt auch einen Hinweis, der dazu führte, dass C. P. (51) verhaftet werden

konnte. Er ging den Fahndern ins Netz, als er versuchte, den geraubten Supergewinnschein bei der Lottogesellschaft einzulösen. Ob und in welcher Form C. P. beim Doppelmord als Mittäter gehandelt hat, ist noch Gegenstand der Untersuchungen. C. P. befindet sich in Untersuchungshaft.

Geldregen für das Baby der Mordopfer

Der 24-Millionen-Gewinn wird nach Abschluss des Falles voraussichtlich dem Sohn des ermordeten Paares zufallen. Er ist der einzige Erbe. Ob das Geld dem heranwachsenden Kind dereinst ein Ersatz dafür sein wird, dass es als Vollwaise aufwachsen musste, ist zu bezweifeln. Tröstlich ist lediglich die Vorstellung, dass es ihm zumindest in materieller Hinsicht an nichts fehlen wird.